JN153974

科《か》学《がく》探《たん》偵《てい》 謎《なぞ》野《の》真《しん》実《じつ》 シリーズ4

科学探偵 vs. 闇のホームズ学園

もくじ

この本《ほん》の楽《たの》しみ方《かた》

この本《ほん》のお話《はなし》は、事件編《じけんへん》と解決編《かいけつへん》に分《わ》かれています。登場人物《とうじょうじんぶつ》と一緒《いっしょ》にナゾ解《と》きをして、事件《じけん》の真相《しんそう》を見《み》つけてください。ヒントはすべて、文章《ぶんしょう》と絵《え》の中《なか》にあります。

これまでのあらすじ

謎野《なぞの》真実《しんじつ》は、行方不明《ゆくえふめい》になった父・快明《かいめい》を捜《さが》すため、ホームズ学園《がくえん》から花森《はなもり》小学校《しょうがっこう》に転校《てんこう》してきた。父《ちち》の手《て》がかりをつかんだ矢《や》先《さき》、ホームズ学園学園長《がくえんがくえんちょう》の息子《むすこ》・飯島凛《いいじまりん》により、青井《あおい》美希《みき》がホームズ学園《がくえん》へ連《つ》れ去《さ》られてしまう。真実《しんじつ》は宮《みや》下健太《したけんた》とともに、美希《みき》の救《きゅう》出《しゅつ》に向《む》かうのだった。

登場人物《とうじょうじんぶつ》

謎野真実《なぞのしんじつ》

エリート探偵育成学校《たんていいくせいがっこう》・ホームズ学園《がくえん》からの転校生《てんこうせい》。天才《てんさい》的《てき》な頭脳《ずのう》と幅広《はばひろ》い科学知識《かがくちしき》を持《も》つ。「科学《かがく》で解《と》けないナゾはない」が信条《しんじょう》。

青井美希《あおいみき》

「スクープ命《いのち》！」の新聞部部長《しんぶんぶぶちょう》で、真実《しんじつ》と健太《けんた》の友達《ともだち》。凛《りん》によりホームズ学園《がくえん》に連《つ》れ去《さ》られてしまう。

宮下健太《みやしたけんた》

成績《せいせき》もスポーツも中《ちゅう》ぐらいの〝ミスター平均点《へいきんてん》〟。お人《ひと》よしで友達思《ともだちおも》い。真実《しんじつ》と仲《なか》が良《よ》い。

飯島凛《いいじまりん》

ホームズ学園《がくえん》学園長《がくえんちょう》の息子《むすこ》。真実《しんじつ》に強《つよ》いライバル心《しん》を抱《いだ》いており、美希《みき》を人質《ひとじち》に、真実《しんじつ》にナゾ対決《たいけつ》を挑《いど》む。

謎野快明《なぞのかいめい》

真実《しんじつ》の父《ちち》で、ホームズ学園《がくえん》の科学《かがく》教師《きょうし》。現在《げんざい》、行方不明《ゆくえふめい》。

ホームズ学園四天王《がくえんしてんのう》

真実《しんじつ》の転校後《てんこうご》、ホームズ学園《がくえん》で成績《せいせき》トップとなった４人《にん》。凛《りん》に協力《きょうりょく》し、真実《しんじつ》たちに次々《つぎつぎ》とナゾをしかける。

「やっと着《つ》いた〜！」

電車《でんしゃ》やバスに揺《ゆ》られること数時間《すうじかん》。謎野真実《なぞのしんじつ》と宮下健太《みやしたけんた》は、人里離《ひとざとはな》れた山奥《やまおく》へとやってきた。

ふたりは青井美希《あおいみき》をさらった飯島凜《いいじまりん》を追《お》って、ホームズ学園《がくえん》に向《む》かっていたのだ。

「だけど、真実《しんじつ》くん。ホームズ学園《がくえん》はどこにあるの？」

健太《けんた》は歩《ある》きながらあたりを見回《みまわ》すが、うっそうとした木々《きぎ》が生《お》い茂《しげ》る森《もり》がどこまでも広《ひろ》がっているだけだった。

「もう着《つ》いてるよ」

「だからどこ？」

「この山全部《やまぜんぶ》がホームズ学園《がくえん》なんだ」

「ええ〜!?」

「広《ひろ》さは、小《ちい》さな市《し》くらいはあるね」

「市《し》と同《おな》じくらい!?」

そんなに広《ひろ》い学校《がっこう》、健太《けんた》は今《いま》まで見《み》たことも聞《き》いたこともなかった。

「ホームズ学園《がくえん》ってすごく有名《ゆうめい》だけど、ふつうの学校《がっこう》とどこが違《ちが》うの？」

探偵《たんてい》を育成《いくせい》する超《ちょう》エリート学校《がっこう》であることは健太《けんた》も知《し》っている。しかし、それ以外《いがい》のことはまったく知《し》らなかった。

「学園《がくえん》の情報《じょうほう》はあまり表《おもて》に出《で》てないからね」

「悪《あく》の秘密《ひみつ》組織《そしき》みたいだね」

「健太《けんた》くん。ぼくたちは悪者《わるもの》になりたくて探偵《たんてい》の勉強《べんきょう》をしているんじゃないよ」

「あ、それはそうだよね」

真実《しんじつ》はホームズ学園《がくえん》を誇《ほこ》りに思《おも》っているようだ。

「ただ、確《たし》かにふつうの学校《がっこう》とはまったく違《ちが》うよ。もちろん教科《きょうか》の授業《じゅぎょう》もあるけど、探偵《たんてい》としての知識《ちしき》や技術《ぎじゅつ》を学《まな》ぶ授業《じゅぎょう》もおこなっているんだ。そのための施設《しせつ》もたくさんあるからね」

「どんな施設《しせつ》があるの？」

「たとえば、科学実験《かがくじっけん》をするための専用《せんよう》施設《しせつ》や、サバイバル訓練《くんれん》のためのキャンプ・エリア、ライオンなどの野生動物《やせいどうぶつ》がいるサファリ・エリアもあるんだ」

「サファリまで！」

やはりホームズ学園《がくえん》はすごい。

健《けん》太《た》はあらためて感心《かんしん》した。

やがてふたりは、正門前《せいもんまえ》までやってきた。

真《ま》っ白《しろ》なレンガの塀《へい》がどこまでも伸《の》び、鉄製《てっせい》の柵《さく》でできた大《おお》きな門《もん》がそびえている。門《もん》の上《うえ》には、鉄《てつ》の柵《さく》で王冠《おうかん》の飾《かざ》

りのようなデザインがほどこされている。

門《もん》の向《む》こうには、ヨーロッパにありそうな宮殿《きゅうでん》のような建物《たてもの》が見《み》えていて、どうやらそれがホームズ学園《がくえん》の校舎《こうしゃ》のようだ。

手《て》入《い》れのいきとどいた庭園《ていえん》と噴水《ふんすい》も見《み》える。今日《きょう》は祝日《しゅくじつ》なので、生徒《せいと》や先生《せんせい》はいないようだった。

健太《けんた》は門《もん》の上《うえ》の王冠《おうかん》の飾《かざ》りのような部《ぶ》分《ぶん》を見《み》る。その中央《ちゅうおう》に、奇妙《きみょう》なマークと英語《えいご》の文字《もじ》が書《か》かれていた。

「あれはなんのマークなのかな？」

「ああ、あれはホームズ学園《がくえん》の校章《こうしょう》だよ。その下《した》の英語《えいご》の文章《ぶんしょう》は校訓《こうくん》なんだ」

「校訓《こうくん》は、『科学技術《かがくぎじゅつ》の象徴《しょうちょう》である火《ひ》。それを良《よ》いものにするか悪《わる》いものにするかは、使《つか》う人《ひと》しだいである』という意味《いみ》だよ」

ホームズ学園《がくえん》の校訓《こうくん》と校章《こうしょう》

HOLMES ACADEMY

The fire symbolizes science and technology.
Depending on who uses it,
it becomes a force for good or evil.

科学技術《かがくぎじゅつ》の象徴《しょうちょう》である火《ひ》。
それを良《よ》いものにするか悪《わる》いものにするかは、
使《つか》う人《ひと》しだいである。

火《ひ》
FIRE《ファイアー》
大地《だいち》
EARTH《アース》
水《みず》
WATER《ウォーター》
空気《くうき》
AIR《エアー》
精神《せいしん》
SPIRIT《スピリット》
FIRE
EARTH
WATER
AIR
SPIRIT
Hypothesis 2
Analysis 5
Testing 4
Prediction 3
Observation 1

校章《こうしょう》に記《しる》された科学的思考《かがくてきしこう》の五《いつ》つのプロセス
2 HYPOTHESIS《ハイパセシス》
【仮説《かせつ》】
観察《かんさつ》した現象《げんしょう》を説明《せつめい》づける
仮《かり》の説《せつ》を立《た》てる
5 ANALYSIS《アナラシス》
【分析《ぶんせき》】
実験《じっけん》の結果《けっか》を仮説《かせつ》や予測《よそく》と
照《て》らして分析《ぶんせき》する
4 TESTING《テスティング》
【実験《じっけん》】
実際《じっさい》に実験《じっけん》してみる
3 PREDICTION《プリディクション》
【予測《よそく》】
仮説《かせつ》をもとにして、
実験結果《じっけんけっか》を予測《よそく》する
1 OBSERVATION《オブザベーション》
【観察《かんさつ》】
物事《ものごと》を注意深《ちゅういぶか》く、よく観察《かんさつ》する

「校章《こうしょう》には、火《ひ》をあがめるふたりの天使《てんし》がデザインされているだろう。あれは仲間《なかま》と支《ささ》えあって、科学《かがく》を善《ぜん》のものとして使《つか》うべきだという意味《いみ》なんだよ」

「なるほど～。じゃあ、校章《こうしょう》のまわりの英語《えいご》は、なんて書《か》いてあるの？」

「あれは、SPIRIT《スピリット》（精神《せいしん》）、FIRE《ファイアー》（火《ひ》）、AIR《エアー》（空気《くうき》）、WATER《ウォーター》（水《みず》）、そしてEARTH《アース》（大地《だいち》）。ホームズ学園《がくえん》で学《まな》ぶべき科学技術《かがくぎじゅつ》を象徴《しょうちょう》した五《いつ》つのエレメントだよ」

「へえ、かっこいいね！」

「かっこいいかどうかはわからないけど、ホームズ学園《がくえん》の生徒《せいと》は、この五《いつ》つをとても大切《たいせつ》にしているんだ」

真実《しんじつ》はそう言《い》いながら、門《もん》に手《て》をかける。

正門《せいもん》は固《かた》く閉《と》ざされていた。

「やはり閉《し》まっているようだね。ホームズ学園《がくえん》はセキュリティーが厳《きび》しくて、中《なか》に入《はい》るためには、門《もん》の前《まえ》で生徒手帳《せいとてちょう》をかざさないといけないんだ」

生徒手帳《せいとてちょう》にはＩＣ《アイシー》チップが組《く》み込《こ》まれていて、門《もん》に刻《きざ》まれた校章《こうしょう》に向《む》かって手帳《てちょう》をかざすと、学校《がっこう》のホストコンピューターに情報《じょうほう》が伝《つた》わって、門《もん》が開《ひら》くのだという。

「じゃあ、真実《しんじつ》くん、早《はや》く生徒手帳《せいとてちょう》を出《だ》してよ」

「あるわけないだろう。生徒手帳《せいとてちょう》はその学校《がっこう》の生徒《せいと》であるということを証《しょう》明《めい》するものだよ。ぼくは今《いま》、花森小学校《はなもりしょうがっこう》の生徒《せいと》だから、当然《とうぜん》、ホームズ学園《がくえん》の生徒手帳《せいとてちょう》は返《かえ》してしまっている」

エレメント
元素《げんそ》、要素《ようそ》。古代《こだい》ギリシャでは、万物《ばんぶつ》は「空《くう》気《き》、土《つち》、火《ひ》、水《みず》」の4元素《げんそ》からなるとされていた。

「ええ～、それじゃあどうやって入《はい》るの？」

「凛《りん》くんがホームズ学園《がくえん》に来《こ》いと言《い》ったからには、何《なに》か入《はい》るためのしかけがあるはずだ」

真実《しんじつ》がそう言《い》った瞬間《しゅんかん》、白《しろ》い塀《へい》に、文字《もじ》が映《うつ》しだされた。


『方角《ほうがく》が失《うしな》われた場《ば》所《しょ》の下《した》に、宝《たから》は眠《ねむ》る』


「どういうこと!?」

「おそらく、凛《りん》くんが出《だ》した問題《もんだい》だろうね。校内《こうない》に入《はい》りたければ、これを解《と》いてみろと言《い》っているんだ」

「じゃあ、宝《たから》っていうのは、美希《みき》ちゃんのことかな？」

「美希《みき》さんが宝《たから》かどうかはともかく、まずは問題《もんだい》を解《と》く必要《ひつよう》があるね。これを使《つか》おう」

真実《しんじつ》は「方位磁針《ほういじしん》」を取《と》りだした。

「方位磁針《ほういじしん》なんて持《も》ってたの？」

「必要《ひつよう》になるときがあるかもしれないと思《おも》ってね」

「そうなんだ、さすが真実《しんじつ》くん！」

真実《しんじつ》は方位磁針《ほういじしん》を持《も》って、
あたりを見回《みまわ》す。
「強《つよ》い磁力《じりょく》を帯《お》びた岩《いわ》の近《ちか》くなどでは、方位磁針《ほういじしん》が正《ただ》しい方角《ほうがく》を指《さ》さなくなることがあるんだ。それが『方角《ほうがく》が失《うしな》われた場所《ばしょ》』かと思《おも》ったけど、このあたりは、特《とく》に変《か》わったところはないみたいだね」

そのとき、健太《けんた》が声《こえ》を出《だ》した。

「ねえ、これを見《み》て！」

見《み》ると、少《すこ》し離《はな》れた場所《ばしょ》にある木《き》の根元《ねもと》に、小《ちい》さなプレートが埋《う》まっていた。

「『アメリカ』って書《か》いてあるよ。こっちには『中華人民共和国《ちゅうかじんみんきょうわこく》』、ああ、あそこには『イギリス』もあるよ！」

プレートはいたるところに埋《う》まっていて、さまざまな国名《こくめい》が書《か》かれているようだ。

「ああ、それは学園《がくえん》の卒業生《そつぎょうせい》が探偵《たんてい》として派遣《はけん》されている国《くに》だよ。プレートのそばに木《き》が植《う》えてあるだろう。新《あたら》しい国《くに》に行《い》くことが決《き》まったら、記念《きねん》に植樹《しょくじゅ》をすることになっているんだ」

「へえ、世界中《せかいじゅう》に行《い》っているんだね」

「主《おも》にアジアとヨーロッパ、それに北《きた》アメリカだけどね」

磁力《じりょく》の強《つよ》い石《いし》
山口県《やまぐちけん》にある高山《こうやま》の山《さん》頂《ちょう》付近《ふきん》には、「磁《じ》石《しゃく》石《いし》」と呼《よ》ばれる強《つよ》い磁《じ》力《りょく》を持《も》つ岩《いわ》がある。この岩《いわ》の近《ちか》くでは、方位《ほうい》磁針《じしん》が狂《くる》ってしまうという。

そう言《い》った瞬間《しゅんかん》、真実《しんじつ》は目《め》を大《おお》きく見開《みひら》いた。

「そうか、そういうことか」

真実《しんじつ》は人差《ひとさ》し指《ゆび》で眼鏡《めがね》をクイッとあげると、健太《けんた》のほうを見《み》た。

「健太《けんた》くん、どこかに『アルゼンチン』があるはずだ。キミも、それを探《さが》して」

「どうして？」

「いいから」

「わかった。ええっとどこかな？」

健太《けんた》は地面《じめん》を見《み》ながら、歩《ある》いていく。

そして、あるプレートを見《み》て立《た》ち止《ど》まった。

「真実《しんじつ》くん、あったよ！」

真実《しんじつ》は健太《けんた》のそばへ駆《か》け寄《よ》る。

そこには、「アルゼンチン」と刻《きざ》まれたプレートが埋《う》まっていた。

「ここだ」

「どういうこと？」

真実《しんじつ》は方位磁針《ほういじしん》を健太《けんた》に見《み》せた。

「方位磁針《ほういじしん》は、地球《ちきゅう》が大《おお》きな磁石《じしゃく》になっているから、それに反応《はんのう》して北《きた》と南《みなみ》を指《さ》すんだ」

「たしか、N極《エヌきょく》が北《きた》、S極《エスきょく》は南《みなみ》を指《さ》すんだよね？」

「日本《にほん》は北半球《きたはんきゅう》にある。北極《ほっきょく》は水平《すいへい》より少《すこ》し下《した》をむいた方向《ほうこう》にあるから、北半球《きたはんきゅう》で使《つか》う方位磁針《ほういじしん》は、バランスを保《たも》つためにS極《エスきょく》が少《すこ》し重《おも》くなっているんだ。そのため、南半球《みなみはんきゅう》で使《つか》うとバランスがくずれて使《つか》えなくなってしまう」

「そうなんだ。だけど、それとアルゼンチンがなんの関係《かんけい》があるの？」

「アルゼンチンは南半球《みなみはんきゅう》にある。ホームズ学園《がくえん》で唯《ゆい》一《いっ》、探偵《たんてい》を派遣《はけん》した南半球《みなみはんきゅう》の国《くに》なんだよ」

「そっか〜。あっ！　もしかしてそれって」

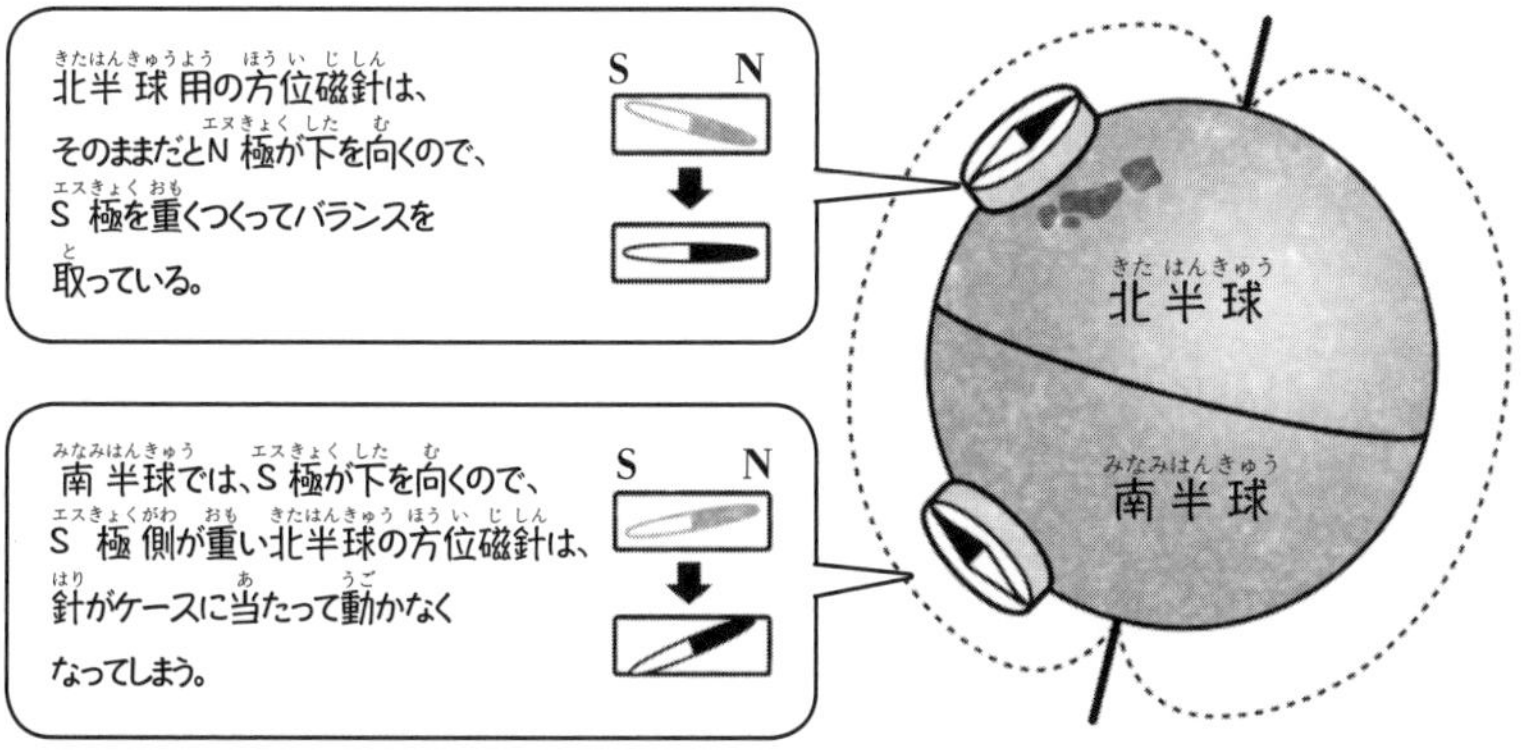
北半球用《きたはんきゅうよう》の方位磁針《ほういじしん》は、そのままだとN極《エヌきょく》が下《した》を向《む》くので、S極《エスきょく》を重《おも》くつくってバランスを取《と》っている。
S
N
南半球《みなみはんきゅう》では、S極《エスきょく》が下《した》を向《む》くので、S極側《エスきょくがわ》が重《おも》い北半球《きたはんきゅう》の方位磁針《ほういじしん》は、針《はり》がケースに当《あ》たって動《うご》かなくなってしまう。
S
N
北半球《きたはんきゅう》
南半球《みなみはんきゅう》

「ああ。方位磁針《ほういじしん》を使《つか》うことができなくなってしまう。つまり、『方角《ほうがく》が失《うしな》われた場所《ばしょ》』と言《い》えるだろうね」

「じゃあ、捜《さが》す宝《たから》はこの下《した》にあるんだね！」

ふたりは急《いそ》いで地面《じめん》を掘《ほ》った。

すると、小《ちい》さな箱《はこ》が出《で》てきた。

「あったよ、宝《たから》！」

手《て》に取《と》って箱《はこ》を開《あ》けると、表紙《ひょうし》にホームズ学園《がくえん》の校章《こうしょう》がデザインされた手帳《てちょう》が入《はい》っていた。開《ひら》くと、１ページ目《め》に真実《しんじつ》の顔写真《かおじゃしん》が貼《は》られている。

「真実《しんじつ》くんの生徒手帳《せいとてちょう》だ！」

「これで門《もん》を開《あ》けて、中《なか》に入《はい》ってこいということらしいね」

「なるほど！」

真実《しんじつ》と健太《けんた》は生徒手帳《せいとてちょう》を持《も》って、正門《せいもん》の前《まえ》に戻《もど》った。

「さすが、真実《しんじつ》くん。みごとナゾを解《と》いたようだね」


突然《とつぜん》、声《こえ》がした。

塀《へい》に、凛《りん》の顔《かお》が映《うつ》しだされている。

「り、凛《りん》くん！」

「やあ、健太《けんた》くん。まさかキミまでくるとは思《おも》わなかったよ」

「美希《みき》さんはどこにいるんだい？」

「あ〜、彼女《かのじょ》ならそこにいるよ。アレクくん、見《み》せてあげて」

「ああ、わかった、凛《りん》」

アレクと呼《よ》ばれる人物《じんぶつ》の声《こえ》が聞《き》こえた次《つぎ》の瞬間《しゅんかん》、カメラの視界《しかい》が移動《いどう》し、凛《りん》の横《よこ》に大《おお》きな円柱形《えんちゅうけい》の水槽《すいそう》が映《うつ》った。

その中《なか》に、美希《みき》がいた。

美希《みき》は、水槽《すいそう》をたたきながら必死《ひっし》に叫《さけ》んでいるが、声《こえ》はまったく聞《き》こえない。

凛《りん》はそんな美希《みき》を見《み》ながら、指《ゆび》をパチンと鳴《な》らした。

その瞬間《しゅんかん》、水槽《すいそう》の下《した》の部分《ぶぶん》から、水《みず》が出《で》てきた。

美希《みき》が驚《おどろ》いて、足元《あしもと》に視線《しせん》を落《お》とした。

水《みず》が溜《た》まっていくのを見《み》て、顔《かお》を引《ひ》きつらせると、さらに激《はげ》しく水槽《すいそう》をたたいた。


「そんな！　美希《みき》ちゃん！」


健太《けんた》の顔《かお》が青《あお》くなった。

ふたたび、カメラは、凛《りん》だけを映《うつ》す。

「未来人《みらいじん》Ｉ《アイ》の事件《じけん》の真相《しんそう》を教《おし》えてあげるよって言《い》ったら、簡単《かんたん》についてきたよ。だけど、もう取材《しゅざい》はできなくなっちゃったけどね」

「凛《りん》くん、どうしてこんなことをするんだよ。友達《ともだち》だと思《おも》ってたのに！」

「友達《ともだち》？　健太《けんた》くん、ボクに友達《ともだち》なんか必要《ひつよう》ない。ボクは真実《しんじつ》くんに勝《か》てればそれでいいんだ」

凛《りん》は画面越《がめんご》しに真実《しんじつ》のほうを指《ゆび》さした。

「美希《みき》ちゃんを助《たす》けたかったら、ボクと勝負《しょうぶ》をしよう」

「勝負《しょうぶ》？」

凛《りん》は、水槽《すいそう》の土台《どだい》に付《つ》いた石盤《せきばん》を見《み》せた。校章《こうしょう》と同《おな》じデザインの石盤《せきばん》は、ところどころくぼんだ状態《じょうたい》になっている。

「これは水槽《すいそう》の水《みず》を止《と》めるためのスイッチだよ。だけどこのままじゃなんの役《やく》にも立《た》たない。水《みず》を止《と》めるためには、この装置《そうち》に、五《いつ》つのパーツを埋《う》め込《こ》まなければいけないんだ。ＳＰＩＲＩＴ《スピリット》、ＦＩＲＥ《ファイアー》、ＡＩＲ《エアー》、ＷＡＴＥＲ《ウォーター》、ＥＡＲＴＨ《アース》のパーツをね」

「五《いつ》つのエレメント……？」

「そう。パーツはこの学校《がっこう》のどこかにいるボクの協力者《きょうりょくしゃ》がそれぞれひとつずつ持《も》っている。彼《かれ》らと対決《たいけつ》して、パーツを手《て》に入《い》れるんだ。水槽《すいそう》の水《みず》が満杯《まんぱい》になるまでの時間《じかん》は、約《やく》5時《じ》間《かん》。早《はや》くしないと、美希《みき》ちゃんは溺《おぼ》れてしまうだろうね」

そう言《い》って、凛《りん》はニヤリと笑《わら》うと、指《ゆび》をパチンと鳴《な》らした。

すると、映像《えいぞう》が消《き》えた。

Observation
Hypothesis
Analysis
Testing
Prediction

「真実《しんじつ》くん！」

健太《けんた》が真剣《しんけん》なまなざしを向《む》けると、真実《しんじつ》はうなずいた。

「ああ、やることはひとつしかない」

真実《しんじつ》は、門《もん》をじっと見《み》つめた。

次《つぎ》の瞬間《しゅんかん》、門《もん》の王冠《おうかん》の飾《かざ》りのような部分《ぶぶん》にある校章《こうしょう》に向《む》かって、生徒手帳《せいとてちょう》をかざす。

すると、門《もん》がギギギッと大《おお》きな音《おと》を立《た》てて、ゆっくりと開《ひら》いた。


「行《い》こう」

「うん！　美希《みき》ちゃん、待《ま》ってて！」


五《いつ》つのエレメントを集《あつ》めるしか美希《みき》を助《たす》ける方法《ほうほう》はない。

真実《しんじつ》と健太《けんた》は門《もん》をくぐり、学園《がくえん》の中《なか》に足《あし》を踏《ふ》み入《い》れた。

幽《ゆう》霊《れい》塔《とう》

闇《やみ》のホームズ学園《がくえん》1

事《じ》件《けん》編《へん》

「五《いつ》つのパーツは、それぞれのエレメントと関係《かんけい》がある場所《ばしょ》にあるはずだ」

真実《しんじつ》は大理石《だいりせき》でつくられた巨大《きょだい》な校舎《こうしゃ》へと足早《あしばや》に近《ちか》づいていく。

健太《けんた》はそのあとを、あわてて追《お》いかけた。

(たった5時間《じかん》で、五《いつ》つのパーツを手《て》に入《い》れないといけないなんて……)

時間《じかん》がない。

「ねえ真実《しんじつ》くん、最初《さいしょ》はどのパーツから探《さが》せばいいの?」

「校章《こうしょう》のエレメントには、1から5までの番号《ばんごう》が記《しる》されている。その順番《じゅんばん》で探《さが》すつもりだよ。1番目《ばんめ》のエレメントはSPIRIT《スピリット》——『精神《せいしん》』だ」

「ってことは……パーツがあるのは『精神《せいしん》』と関係《かんけい》がある場所《ばしょ》? あっ、もしかして!」

健太《けんた》は立《た》ち止《ど》まり、ポン!と手《て》を打《う》つ。

「それって図書室《としょしつ》じゃない? マジメスギくんがいつも言《い》ってるでしょ? 『ワタシの精神《せいしん》がみなさんより洗練《せんれん》されているのは、本《ほん》をたくさん読《よ》んでいるからです』って」

真実《しんじつ》はコクリとうなずいた。

「ぼくも同《おな》じ意見《いけん》だ。まずは図書室《としょしつ》へ向《む》かおう」

そして真実《しんじつ》は、校舎《こうしゃ》の手前《てまえ》に広《ひろ》がる庭園《ていえん》の一角《いっかく》を指《ゆび》さした。

そこには、レンガづくりの巨大《きょだい》な塔《とう》が立《た》っている。

「あの塔《とう》の下《した》の部分《ぶぶん》が図書室《としょしつ》だ」

重《おも》たい木製《もくせい》のとびらを開《ひら》いて図書室《としょしつ》へ入《はい》ると、健太《けんた》は思《おも》わず驚《おどろ》きの声《こえ》をあげた。

「うわ〜っ、広《ひろ》〜い！」

室内《しつない》は、１階《かい》と２階《かい》が吹《ふ》き抜《ぬ》けになっていた。

ドーム状《じょう》になった天井《てんじょう》には、本《ほん》を読《よ》む天使《てんし》の絵《え》が色鮮《いろあざ》やかに描《えが》かれていた。

そして部屋《へや》の左右《さゆう》の壁《かべ》には、木製《もくせい》の本棚《ほんだな》が備《そな》えつけられ、本《ほん》がぎっしりと並《なら》んでいる。

「ホームズ学園《がくえん》の生徒《せいと》は、ここの本《ほん》を１日《にち》３冊《さつ》読《よ》まなきゃいけないきまりなんだ」

「それにしても、すごい数《かず》だね！」

健太《けんた》が駆《か》け寄《よ》った本棚《ほんだな》には、さまざまな言語《げんご》で書《か》かれた百科事典《ひゃっかじてん》や、数学《すうがく》や科学《かがく》の専門《せんもん》書《しょ》、博物学《はくぶつがく》の全集《ぜんしゅう》などが並《なら》べられている。

なかには『密室《みっしつ》トリック大全《たいぜん》』『暗号解読大辞典《あんごうかいどくだいじてん》』『嘘《うそ》を見破《みやぶ》る心理学全集《しんりがくぜんしゅう》』など、探偵《たんてい》に必要《ひつよう》な知識《ちしき》が書《か》かれたものもあった。

どれも健太《けんた》には、1日《にち》に3冊《さつ》どころか、1冊読《さつよ》むのに3年《ねん》はかかりそうな分厚《ぶあつ》い本《ほん》ばかりだ。

「もしかして真実《しんじつ》くん、ここの本《ほん》、ぜんぶ読《よ》んだとか？」

「一応《いちおう》ね。ひととおり頭《あたま》に入《はい》ってるよ」

「……ぼくは花森小学校《はなもりしょうがっこう》の図書室《としょしつ》のほうが好《す》きかな」

やがてふたりは、図書室《としょしつ》のいちばん奥《おく》にたどりついた。

そこは、ぶきみな空気《くうき》がただよっていた。

まわりの壁《かべ》は焼《や》けこげたように黒《くろ》く変色《へんしょく》し、中央《ちゅうおう》にある金属製《きんぞくせい》のとびらには「立《た》ち入《い》り禁止《きんし》」のテープがはられている。

健太《けんた》は、おそるおそる真実《しんじつ》にたずねた。

「……ここ、何《なに》かあったの？」

「今《いま》から10年前《ねんまえ》、この塔《とう》のてっぺんにあるホールで火事《かじ》があったんだ」

「火事《かじ》……？」

「その日《ひ》は、世界的《せかいてき》に有名《ゆうめい》な科学者《かがくしゃ》を招《まね》いて、ホールで授業《じゅぎょう》がおこなわれていた。成績優秀《せいせきゆうしゅう》な30人《にん》の生徒《せいと》が選《えら》ばれてね。その授業《じゅぎょう》のさなか、塔《とう》は激《はげ》しい炎《ほのお》に包《つつ》まれた……」

「それで？　みんなはどうなっちゃったの？」

真実《しんじつ》は、首《くび》を左右《さゆう》に振《ふ》った。

「わからない」

「わからないって……どうして？」

「火《ひ》がおさまったとき、全員《ぜんいん》の姿《すがた》が消《き》えていたんだ。科学者《かがくしゃ》も、生徒《せいと》も……焼《や》けこげたホールからは、誰《だれ》ひとり発見《はっけん》することができなかった……」

健太《けんた》は思《おも》わず息《いき》をのんだ。

「それっていったい、どういうこと……？」

「すべては謎《なぞ》のままだ。それ以来《いらい》、ホールへ通《つう》じるとびらは閉《と》ざされ、その後《ご》、塔《とう》には炎《ほのお》で焼《や》かれた生徒《せいと》の幽霊《ゆうれい》が現《あらわ》れるといううわさが流《なが》れるようになった」

「えっ!?　ゆ、幽霊《ゆうれい》!?」

健太《けんた》がギョッとしたそのとき――


ギイイイイ……


閉《と》ざされたはずの重《おも》いとびらが、ぶきみな音《おと》をたてて開《ひら》いたのである。

「わあっ！　誰《だれ》が開《あ》けたの!?」

健太《けんた》はおそるおそるとびらの奥《おく》をのぞいたが、人《ひと》の姿《すがた》はない。

塔《とう》へと続《つづ》く石段《いしだん》だけが見《み》えている。


ビョオオオオ……


開《ひら》いたとびらのすきまから、冷《つめ》たい風《かぜ》が流《なが》れ込《こ》んできた。

「健太《けんた》くん。『SPIRIT《スピリット》』のパーツは、きっとこの塔《とう》の上《うえ》にある」

「え!?　どうしてそんなことがわかるの!?」

「『スピリット』には、『精神《せいしん》』のほかに、『幽霊《ゆうれい》』という意味《いみ》もあるんだ。これはきっと、塔《とう》に現《あらわ》れる幽霊《ゆうれい》のナゾを解《と》いてみせろという、凛《りん》くんからの挑戦《ちょうせん》だよ」

「え〜っ!?」

（まさかホームズ学園《がくえん》に来《き》てまで、幽霊《ゆうれい》のナゾを解《と》くことになるなんて。……でも、美希《みき》ちゃんはもっと怖《こわ》い思《おも》いをしてるんだ）

健太《けんた》は、ふるえる手《て》のひらをギュッ！と握《にぎ》りしめた。

「わかったよ真実《しんじつ》くん！　塔《とう》の上《うえ》に行《い》って、パーツを手《て》に入《い》れよう！」


塔《とう》のてっぺんへと続《つづ》く道《みち》は、暗《くら》くてせまい石《いし》のらせん階段《かいだん》だった。

わずかしかない小《ちい》さな窓《まど》からは光《ひかり》が差《さ》し込《こ》まず、数《すう》メートル先《さき》は闇《やみ》に包《つつ》まれている。

ふたりの両側《りょうがわ》の左右《さゆう》の石《いし》の壁《かべ》は、黒《くろ》く焼《や》けこげ、重苦《おもくる》しい空気《くうき》がただよっていた。

（う〜。どこから幽霊《ゆうれい》が出《で》てきてもおかしくない雰囲気《ふんいき》だ……）

健太《けんた》は、真実《しんじつ》のあとに続《つづ》いて、こわごわと階段《かいだん》を上《のぼ》っていく。

すると突然《とつぜん》、真実《しんじつ》が足《あし》を止《と》めた。

「何《なに》かあったの？　真実《しんじつ》くん」

真実《しんじつ》の背中《せなか》からヒョイと顔《かお》を出《だ》した健太《けんた》は、驚《おどろ》きのあまり叫《さけ》び声《ごえ》をあげた。

「うわあああっ！」

闇《やみ》の中《なか》に無数《むすう》の人《ひと》の生首《なまくび》が浮《う》いているのだ。

どの顔《かお》も炎《ほのお》で焼《や》けこげ、苦痛《くつう》にあえぐように醜《みにく》くひしゃげている。

「出《で》たあ～！　幽霊《ゆうれい》だ～！」

「いや、幽霊《ゆうれい》じゃない。よく見《み》てごらん」

真実《しんじつ》は落《お》ち着《つ》きはらった声《こえ》でそう言《い》うと、ふたたび歩《ある》きだした。

次第《しだい》に生首《なまくび》へと近《ちか》づく。

近《ちか》くで見《み》てみると、それは壁《かべ》にずらりと飾《かざ》られた、人《ひと》の顔《かお》の「マスク」だった。

「え!?　いったい、なんなのこれ？」

「これは探偵《たんてい》が使《つか》う、変装用《へんそうよう》のマスクだよ」

真実《しんじつ》が指《ゆび》さしたマスクの下《した》には、金属《きんぞく》のプレートが取《と》り付《つ》けられていた。そこには、「変《へん》装用《そうよう》マスク　謎野快明《なぞのかいめい》・作《さく》」と刻《きざ》まれている。

それは、真実《しんじつ》が居場所《いばしょ》を捜《さが》している、行方不明《ゆくえふめい》の父親《ちちおや》の名前《なまえ》だった。

「もしかしてこのマスク、真実《しんじつ》くんのお父《とう》さんがつくったの？」

「ああ。父《とう》さんは行方不明《ゆくえふめい》になる前《まえ》、ホームズ学園《がくえん》で科学《かがく》の教師《きょうし》をしていた。その知識《ちしき》を使《つか》って、探偵《たんてい》に必要《ひつよう》な道具《どうぐ》を開発《かいはつ》していたんだ」

そう言《い》って真実《しんじつ》は、はおっているマントをめくってみせた。

現《あらわ》れたのは、真実《しんじつ》がいつも肩《かた》から下《さ》げている、革製《かわせい》の黒《くろ》いホルスターだった。

「これはホームズ学園《がくえん》の生徒《せいと》に配《くば》られるホルスターだよ。中《なか》には探偵《たんてい》の捜《そう》査《さ》に必要《ひつよう》な七《なな》つ道具《どうぐ》が入《はい》ってる。この道具《どうぐ》も父《とう》さんがつくったんだ」

「探偵《たんてい》の七《なな》つ道具《どうぐ》!?　へ～、すごい！」

健《けん》太《た》が感心《かんしん》すると真実《しんじつ》はほほえんだ。

しかし、その顔《かお》はどこかさびしそうにも見《み》えた。

（そうかあ……。天才探偵《てんさいたんてい》の真実《しんじつ》くんだって、お父《とう》さんに会《あ》いたい気持《きも》ちはみんなと一緒《いっしょ》なんだ。いつも助《たす》けてもらってばかりだけど、ちょっとでも真実《しんじつ》くんの助《たす》けになれるようにぼくもがんばらなきゃ！）

健《けん》太《た》は、心《こころ》の中《なか》でそう決意《けつい》した。

ホルスター
道具類《どうぐるい》を入《い》れて持《も》ち運《はこ》ぶための携帯《けいたい》ケース。一般的《いっぱんてき》には、銃《じゅう》を入《い》れるものを指《さ》す。

さらにらせん階段《かいだん》を上《のぼ》り続《つづ》けると、壁《かべ》に大《おお》きな鏡《かがみ》がかけられていた。
金色《きんいろ》の縁《ふち》で装飾《そうしょく》された、ヨーロッパのお城《しろ》に飾《かざ》られているような立派《りっぱ》な鏡《かがみ》だ。
鏡《かがみ》の上《うえ》にはライトがつるされ、周囲《しゅうい》を明《あか》るく照《て》らしている。
「どうしてこんなところに鏡《かがみ》が？」
真実《しんじつ》は、慎重《しんちょう》にあたりを見回《みまわ》す。
「きっと、もうすぐてっぺんだから、ここで髪形《かみがた》でも直《なお》しなさいってことじゃない？」
健太《けんた》は真実《しんじつ》と一緒《いっしょ》に、鏡《かがみ》をのぞき込《こ》んだ。
鏡《かがみ》の中《なか》には、ライトに照《て》らされた真実《しんじつ》と健太《けんた》の顔《かお》がはっきりと映《うつ》っている。
だが、次《つぎ》の瞬間《しゅんかん》、恐《おそ》ろしいことが起《お》きた。
鏡《かがみ》の中《なか》に、ふたりを背後《はいご》からじっとのぞきこむ、長《なが》い髪《かみ》の少女《しょうじょ》の姿《すがた》が映《うつ》ったのである。
少女《しょうじょ》は顔中《かおじゅう》を包帯《ほうたい》でグルグルに巻《ま》いて、大《おお》きく見開《みひら》いた目《め》だけが見《み》えていた。

「出《で》たあ～！　今度《こんど》こそ本物《ほんもの》だ～！」

健太《けんた》は叫《さけ》び声《ごえ》をあげて振《ふ》り向《む》いた。

しかし、健太《けんた》と真実《しんじつ》のうしろには誰《だれ》もいない。

「あれっ、いない!?」

だが、もう一度《いちど》鏡《かがみ》を見《み》ると、そこには包帯《ほうたい》を巻《ま》いた少女《しょうじょ》の姿《すがた》がしっかりと映《うつ》っている。

「やっぱりいる～！」

少女《しょうじょ》は見開《みひら》いた瞳《ひとみ》でギロリと真実《しんじつ》をにらみ、低《ひく》く、ぶきみな声《こえ》でつぶやいた。


「ヒキカエセ……トウニ　チカヅクモノハ、ノロイコロス……」


次《つぎ》の瞬間《しゅんかん》、少女《しょうじょ》の姿《すがた》は鏡《かがみ》からフッと消《き》えた。

健太《けんた》は恐怖《きょうふ》のあまり、真《ま》っ青《さお》な顔《かお》で固《かた》まっている。

「今《いま》のってトリックじゃないよね？　どう考《かんが》えても本物《ほんもの》の幽霊《ゆうれい》だよね？」

「いや。こんなときこそ落《お》ち着《つ》いて、科学的《かがくてき》に考《かんが》えるんだ」

真実《しんじつ》の冷静《れいせい》な態度《たいど》に、思《おも》わず健太《けんた》は声《こえ》を荒《あら》らげた。

「だって、鏡《かがみ》の中《なか》にだけ姿《すがた》が現《あらわ》れたんだよ!?　そんなの本物《ほんもの》の幽霊《ゆうれい》じゃなきゃできっこないよ！」

しかし、真実《しんじつ》は顔色《かおいろ》ひとつ変《か》えない。

「さっき見《み》たホームズ学園《がくえん》の校章《こうしょう》を思《おも》いだしてごらん。校章《こうしょう》には、科学的思考《かがくてきしこう》の五《いつ》つのプロセスも英語《えいご》で書《か》かれていた。Observation《オブザベーション》『観察《かんさつ》』をして、Hypothesis《ハイパセシス》『仮説《かせつ》』を立《た》て、Prediction《プリディクション》『予測《よそく》』をして、Testing《テスティング》『実験《じっけん》』をし、Analysis《アナラシス》『分析《ぶんせき》』をする——。まずは、『観察《かんさつ》』からだ」

「観察《かんさつ》？」

「そう。観察《かんさつ》は科学的《かがくてき》にナゾを解《と》く大切《たいせつ》な一歩《いっぽ》だ。どんな不思議《ふしぎ》な出来事《できごと》でも、注意深《ちゅういぶか》く観《かん》察《さつ》すれば、ナゾを解《と》く鍵《かぎ》が見《み》つかるはずだ」

そう言《い》うと、真実《しんじつ》の目線《めせん》は鏡《かがみ》の上《うえ》の「ライト」にピタリと止《と》まった。

「塔《とう》の階段《かいだん》でライトはここにしかない。もしかしたら……」

「何《なに》？　幽霊《ゆうれい》のナゾが解《と》けたの!?」

「いや。まだ確《たし》かなことは言《い》えない。すべてのナゾを解《と》く答《こた》えは、塔《とう》の上《うえ》にあるはずだ。キミも一緒《いっしょ》に行《い》くだろ？　それとも、ここにひとりで残《のこ》るかい？」

「行《い》く行《い》く、行《い》くよ！　早《はや》く美希《みき》ちゃんを助《たす》けなきゃ！」

健太《けんた》はあわてて歩《ある》きだした。

「やっといちばん上《うえ》に着《つ》いた〜！」

石段《いしだん》の終《お》わりに待《ま》っていたのは、黒《くろ》く焼《や》けこげた木製《もくせい》のドアだった。

真実《しんじつ》と健太《けんた》はたがいの顔《かお》を見合《みあ》わせ、ドアを開《あ》けた。


ギイイイイ……


ドアの向《む》こうは巨大《きょだい》なホールになっていた。

暗闇《くらやみ》に包《つつ》まれた室内《しつない》を見渡《みわた》そうと、健《けん》太《た》は目《め》をこらした。

正面《しょうめん》にはステージがあり、焼《や》けてボロ

ボロになった客席《きゃくせき》が並《なら》んでいる。

天井《てんじょう》には豪華《ごうか》なシャンデリアがいくつも並《なら》び、真実《しんじつ》と健太《けんた》の頭上《ずじょう》には、２階部《かいぶ》分《ぶん》の観客席《かんきゃくせき》が屋根《やね》のようにおおいかぶさっていた。

やがてホールに、冷《つめ》たい笑《わら》い声《ごえ》が響《ひび》いた。

「フッフッフッフ……キミたちを待《ま》っていたよ」

「わっ、また幽霊《ゆうれい》!?」

首《くび》をすくめ、健太《けんた》はあたりを見回《みまわ》した。

真実《しんじつ》は落《お》ち着《つ》いたまま、サラリと髪《かみ》をかき上《あ》げた。

「キミが凛《りん》くんの言《い》っていた協力者《きょうりょくしゃ》かな？　だったら、顔《かお》ぐらい見《み》せたらどうだい」

次《つぎ》の瞬間《しゅんかん》、スポットライトの光《ひかり》がステージを照《て》らしだした。

「これは失敬《しっけい》。わたしはここにいる」

ライトの光《ひかり》の中《なか》に、スラリと背《せ》の高《たか》い人影《ひとかげ》が立《た》っていた。

マジシャンのような黒《くろ》の燕尾服《えんびふく》。透《す》きとおるような白《しろ》い肌《はだ》。血《ち》のように赤《あか》いくちびる。

冷《つめ》たく、美《うつく》しい、まるで氷《こおり》でつくられた彫刻《ちょうこく》のような美少年《びしょうねん》だ。

「わたしはホームズ学園《がくえん》の四天王《してんのう》のひとり――
〝暗黒《あんこく》の貴公子《きこうし》〟月影霊夜《つきかげれいや》」

「四天王《してんのう》!?」

健太《けんた》が声《こえ》をあげると、霊夜《れいや》は不敵《ふてき》な笑《え》みを浮《う》かべた。

燕尾服《えんびふく》
最《もっと》も格式《かくしき》の高《たか》い、男性《だんせい》の正装《せいそう》。上着《うわぎ》の背中《せなか》の部分《ぶぶん》が長《なが》く、すそがふたつに分《わ》かれている黒《くろ》い礼服《れいふく》で、うしろ姿《すがた》が燕《つばめ》の尾《お》（右《みぎ》の写真《しゃしん》）のようであることから、その名《な》が付《つ》いた。

「つまりわたしは、今《いま》のホームズ学園《がくえん》で最《もっと》も成績優秀《せいせきゆうしゅう》な４人《にん》のうちのひとりというわけさ」

しかし、真実《しんじつ》はそんな話《はなし》にはまるで興味《きょうみ》がないようだった。

「悪《わる》いけど急《いそ》いでるんだ。『ＳＰＩＲＩＴ《スピリット》』のパーツがどこにあるか、教《おし》えてくれないかな？」

真実《しんじつ》の言葉《ことば》に、霊夜《れいや》の口元《くちもと》から笑《え》みが消《き》えた。

「謎野《なぞの》真実《しんじつ》。キミが学園《がくえん》トップの成績《せいせき》だったとは実《じつ》に意外《いがい》だ。『科学《かがく》で解《と》けないナゾはない』などと口《くち》にするような、科学《かがく》をまるで知《し》らない愚《おろ》か者《もの》がね」

健太《けんた》は耳《みみ》を疑《うたが》った。

(真実《しんじつ》くんが科学《かがく》をまるで知《し》らない愚《おろ》か者《もの》だって!?)

霊夜《れいや》は目《め》を鋭《するど》く細《ほそ》めて、言葉《ことば》を続《つづ》ける。

「キミに教《おし》えてやろう。この世《よ》には、『科学《かがく》ではいまだに解《と》けないナゾ』が山《やま》ほどある。たとえば、人《ひと》はどうしてあくびをするのか？　どうして磁《じ》

四天王《してんのう》
仏教《ぶっきょう》の守《まも》り神《がみ》、持国天《じこくてん》、増長天《ぞうじょうてん》、広目天《こうもくてん》、多聞天《たもんてん》のこと。そこから、ある集団《しゅうだん》で、最《もっと》もすぐれた４人《にん》を四天王《してんのう》と呼《よ》ぶようになった。

石《しゃく》はS極《エスきょく》とN極《エヌきょく》を持《も》つのか？　どうやって石油《せきゆ》は地中深《ちちゅうふか》くで生《う》まれたのか？　どれも現代《げんだい》の科学《かがく》では、完全《かんぜん》には解明《かいめい》されていないナゾだ」

（えっ、そんなことが、まだ科学《かがく》で解明《かいめい》されてなかったの⁉）

健太《けんた》は驚《おどろ》き、真実《しんじつ》を見《み》つめた。

「今《いま》の話《はなし》、ホントなの、真実《しんじつ》くん⁉」

「ああ。そのとおりだ」

真実《しんじつ》は霊夜《れいや》のいるステージのほうを向《む》いたまま答《こた》えた。

ステージのまわりは柵《さく》に囲《かこ》まれていて、簡単《かんたん》に霊夜《れいや》に近《ちか》づくことはできなさそうだ。

霊夜《れいや》は冷《つめ》たい声《こえ》で笑《わら》った。

「フッフッフ、科学《かがく》はけっして万能《ばんのう》ではない。今《いま》の科学《かがく》では解《と》けないナゾがあることを、この暗黒《あんこく》の貴公子《きこうし》・月影霊夜《つきかげれいや》が思《おも》い知《し》らせてやろう！」

そう言《い》うと、霊夜《れいや》はステージの中央《ちゅうおう》で大《おお》きく両手《りょうて》を広《ひろ》げた。

「今《いま》からわたしの力《ちから》で霊《れい》を呼《よ》びだし、自在《じざい》にあやつってみせる」

「霊《れい》を呼《よ》びだす？」

健太《けんた》の背筋《せすじ》にゾクリと寒気《さむけ》が走《はし》った。

霊夜《れいや》は目《め》を閉《と》じると、両手《りょうて》を高《たか》く上《あ》げて、ホールの天井《てんじょう》に向《む》かって語《かた》りかけた。

「おお……炎《ほのお》に焼《や》かれた生徒《せいと》の霊《れい》よ……炎《ほのお》を恐《おそ》れ、炎《ほのお》を憎《にく》む霊《れい》よ……どうか姿《すがた》を現《あらわ》したまえ！」

その声《こえ》はホールの天井《てんじょう》に吸《す》いこまれ、あたりは静《しず》けさに包《つつ》まれた。

健太《けんた》がゴクリとつばをのみこんだ瞬間《しゅんかん》――。


「あっ、あれを見《み》て！　真実《しんじつ》くん！」


天井《てんじょう》の近《ちか》くを、ぼんやりとした光《ひかり》がただよいはじめた。

光《ひかり》は、しだいにはっきりとした人《ひと》の姿《すがた》に変化《へんか》していく。

長《なが》い髪《かみ》。包帯《ほうたい》でグルグル巻《ま》きの顔《かお》。見開《みひら》かれた大《おお》きな目《め》。

それは、階段《かいだん》の鏡《かがみ》に現《あらわ》れた、あの少女《しょうじょ》の幽霊《ゆうれい》だった。

半透明《はんとうめい》の体《からだ》をポーッと淡《あわ》く光《ひか》らせ、ホールの中《なか》をフワフワと飛《と》びまわっている。

健太《けんた》はあんぐりと口《くち》をあけたまま、自分《じぶん》のほっぺたをギュ～ッとつねった。

「いたたっ、夢《ゆめ》じゃない！　ってことは、やっぱり本物《ほんもの》の幽霊《ゆうれい》!?」

そんな健太《けんた》に真実《しんじつ》がささやいた。

「健太《けんた》くん。さっき言《い》っただろう？　大切《たいせつ》なのは『観察《かんさつ》』だ。きっとどこかにナゾを解《と》く鍵《かぎ》があるはずだ」

「観察《かんさつ》……そうか、ナゾを解《と》く第一歩《だいいっぽ》だね！」

健太《けんた》はうなずくと、今《いま》にも逃《に》げだしたい気持《きも》ちをこらえて、少女《しょうじょ》の幽霊《ゆうれい》をじっと見《み》つめた。

（少《すこ》しでも、真実《しんじつ》くんの力《ちから》にならなきゃ！）

少女《しょうじょ》は、速度《そくど》を速《はや》め、ホールの上空《じょうくう》を自在《じざい》に飛《と》びまわっている。

（もしかしたら、糸《いと》で人形《にんぎょう》をあやつっているのかもしれないぞ！）

しかし、糸《いと》はどこにも見当《みあ》たらない。

そもそも、少女《しょうじょ》の幽霊《ゆうれい》は体《からだ》が透《す》けているのだ。人形《にんぎょう》のはずがない。

「ダメだ～！　やっぱりどこからどう見《み》ても、正真正銘《しょうしんしょうめい》、本物《ほんもの》の幽霊《ゆうれい》だ～！」

健太《けんた》が叫《さけ》ぶと、霊夜《れいや》はゆっくりと目《め》を開《ひら》いた。

「おお……霊《れい》の怒《いか》りを感《かん》じる。塔《とう》の静《しず》けさを破《やぶ》った者《もの》への強《つよ》い怒《いか》りを。霊《れい》よ。呪《のろ》いをかけるいけにえを選《えら》び、怒《いか》りをしずめたまえ！」

霊夜《れいや》が手《て》を合《あ》わせて祈《いの》ると、霊《れい》は上体《じょうたい》を起《お》こして空中《くうちゅう》に静止《せいし》した。

そして、ゆっくりと健太《けんた》を指《ゆび》さしたのである。

「オマエヲ……ノロイコロス……」

「そんな〜〜！」

健太《けんた》はショックのあまり、青《あお》いトマトのような顔色《かおいろ》に変《か》わり、ヨロヨロとあとずさると、そのままステーン！とひっくりかえった。

その瞬間《しゅんかん》。

ビョオオオオ……

ホールに冷《つめ》たい突風《とっぷう》が吹《ふ》き込《こ》んだ。

倒《たお》れた健太《けんた》の体《からだ》が入《い》り口《ぐち》のとびらに当《あ》たり、とびらを押《お》しあけたのだ。

吹《ふ》き込《こ》んだ突風《とっぷう》が、天井《てんじょう》につるされたシャンデリアを大《おお》きく揺《ゆ》らした。

床《ゆか》に倒《たお》れた健太《けんた》は、その光景《こうけい》を見上《みあ》げた。

(これが人生最後《じんせいさいご》に見《み》る景色《けしき》かあ……きれいだなあ。……ん？　なんかおかしいぞ……？)

健太《けんた》は目《め》をパチクリし、もう一度《いちど》ホールの天井《てんじょう》を見直《みなお》した。

やっぱりおかしい。

「……真実《しんじつ》くん。なんかヘンだよ。部屋《へや》の手前《てまえ》のシャンデリアは揺《ゆ》れているのに、ホールの奥《おく》のシャンデリアは、まったく揺《ゆ》れていないんだ」

「ホールの奥《おく》？」

真実《しんじつ》はすばやく振《ふ》り向《む》き、天井《てんじょう》を確認《かくにん》した。

確《たし》かに、ホールの奥《おく》のシャンデリアは微動《びどう》だにしていない。

「そうか、やっぱりそうだったんだ！」

真実《しんじつ》は、倒《たお》れた健太《けんた》の手《て》を取《と》り、引《ひ》っぱり起《お》こした。

「健太《けんた》くん。キミの『観察《かんさつ》』のおかげで幽霊《ゆうれい》のナゾが解《と》けたよ」

「えっ!?　いったいどういうこと？」

「風《かぜ》が吹《ふ》いたとき、手前《てまえ》のシャンデリアは揺《ゆ》れたが、奥《おく》のシャンデリアは揺《ゆ》れなかった。それはつまり、ぼくたちの目《め》の前《まえ》に『見《み》えない壁《かべ》』があるということだ」

「見《み》えない壁《かべ》!?」

「ああ。その『見《み》えない壁《かべ》』が、ぼくたちの目《め》に、幽霊《ゆうれい》を映《うつ》しだしていたんだよ」

そう言《い》って、真実《しんじつ》はうなずいてみせた。

幽霊《ゆうれい》を映《うつ》しだす「見《み》えない壁《かべ》」とは、いったい？

暗黒《あんこく》の貴公子《きこうし》・月影霊夜《つきかげれいや》があやつる霊《れい》のナゾを解《と》くことはできるのだろうか？

階段《かいだん》にあった鏡《かがみ》と
ホールの幽霊《ゆうれい》
どちらも同《おな》じ物《もの》を
つかったトリックだ

解《かい》決《けつ》編《へん》

「これを使《つか》えばナゾが解《と》けるはずだ」

そう言《い》って真実《しんじつ》がホルスターから取《と》りだしたのは、「小型《こがた》の銃《じゅう》」だった。

「まさか、それってピストル!?」

健太《けんた》は息《いき》をのんだ。

「『マーキング・ガン』さ。弾丸《だんがん》の代《か》わりに、蛍光塗料《けいこうとりょう》が入《はい》ったカプセルが入《はい》ってる。泥棒《どろぼう》に投《な》げつけて、塗料《とりょう》を体《からだ》につけるカラーボールがあるだろう? あれと同《おな》じだよ」

真実《しんじつ》は立《た》ちあがると、すばやくマーキング・ガンを霊夜《れいや》のほうに向《む》けた。

予想外《よそうがい》の行動《こうどう》に霊夜《れいや》はあわてた。

「なにをする気《き》だ!?」

「見《み》えない壁《かべ》を見《み》えるようにするのさ」

カラーボール
落《お》ちにくい塗料《とりょう》が入《はい》ったボール。ぶつけると割《わ》れて、中《なか》に入《はい》った塗料《とりょう》が飛《と》び散《ち》るので、犯人《はんにん》に向《む》かって投《な》げれば体《からだ》に塗料《とりょう》が付《つ》き、捜《さが》すときの目印《めじるし》になる。

真実《しんじつ》は、マーキング・ガンの引《ひ》き金《がね》を引《ひ》いた。

バシュ！　バシュ！　バシュ！

銃口《じゅうこう》から発射《はっしゃ》されたカプセルは、**パーン**と何《なに》もないはずの空間《くうかん》で破裂《はれつ》した。

まるで、水風船《みずふうせん》を壁《かべ》にぶつけたように、蛍光《けいこう》オレンジの塗料《とりょう》が、**ビシャッ**、**ビシャッ**、と見《み》えない壁《かべ》にはりついていく。

「なんてことを！」

霊夜《れいや》はうろたえ、頭《あたま》を抱《かか》えて叫《さけ》んだ。

宙《ちゅう》に浮《う》かぶいくつもの塗料《とりょう》の跡《あと》が、霊夜《れいや》のすぐうしろに大《おお》きな壁《かべ》があることを証明《しょうめい》していた。

「見《み》えない壁《かべ》って……もしかして、ガラス!?」

驚《おどろ》いて真実《しんじつ》にたずねる健太《けんた》に、真実《しんじつ》はうなずいた。

「そう。幽霊《ゆうれい》の正体《しょうたい》は、ガラスの反射《はんしゃ》だったんだ」

「ガラスの反射《はんしゃ》？」

「たとえば、夜《よる》、明《あか》るい部屋《へや》の窓《まど》から暗《くら》い外《そと》をながめると、ガラスに自分《じぶん》の姿《すがた》が映《うつ》って見《み》えるだろう？　あれがガラスによる光《ひかり》の反射《はんしゃ》だよ」

そう言《い》うと真実《しんじつ》は、霊夜《れいや》の背後《はいご》に現《あらわ》れたガラスの壁《かべ》を指《ゆび》さした。

「つまり、ぼくたちが見《み》ていた幽《ゆう》霊《れい》は、あのガラスに映《うつ》った姿《すがた》だったんだ」

「ちょっと待《ま》って。ガラスに映《うつ》った姿《すがた》……ってことは、ど

こかに幽霊《ゆうれい》の実体《じったい》がいるってこと？」

「そのとおり。きっと幽霊《ゆうれい》の姿《すがた》をした人形《にんぎょう》か何《なに》かだろう。どこにあるかはこうすればわかる」

真実《しんじつ》は、マーキング・ガンのマガジンを取《と》りかえた。

「今度《こんど》の弾丸《だんがん》は、はねる力《ちから》を強力《きょうりょく》にしたゴムボールだ」

そして、宙《ちゅう》に浮《う》かぶ少女《しょうじょ》の幽霊《ゆうれい》に向《む》けて発射《はっしゃ》した。

銃口《じゅうこう》から飛《と》びだしたゴムボールは、**カコーン**とガラスの壁《かべ》に当《あ》たって勢《いきお》いよくはねかえり、２階《かい》の客席《きゃくせき》へと飛《と》んでいった。


ガシャーン！


真実《しんじつ》と健太《けんた》の頭上《ずじょう》にある２階《かい》の客席《きゃくせき》から、物《もの》が倒《たお》れる騒々《そうぞう》しい音《おと》が響《ひび》いた。

それと同時《どうじ》に、ガラスの壁《かべ》に映《うつ》っていた少女《しょうじょ》の幽霊《ゆうれい》が姿《すがた》を消《け》した。

「あっ、幽霊《ゆうれい》が消《き》えた！」

マガジン
弾薬《だんやく》などが込《こ》められている、銃《じゅう》の部品《ぶひん》。カートリッジ方式《ほうしき》で取《と》りかえることができる。

「思《おも》ったとおりだ」

真実《しんじつ》はマーキング・ガンをクルッと回《まわ》してホルスターにしまった。

「幽霊《ゆうれい》の人形《にんぎょう》は、ぼくたちからは見《み》えない2階《かい》の客席《きゃくせき》にあったんだ。おそらく、誰《だれ》かが、そこで人形《にんぎょう》を操作《そうさ》していたんだろう。人形《にんぎょう》は明《あか》るく発光《はっこう》する細工《さいく》をし、自分《じぶん》はガラスに映《うつ》らないように、黒《くろ》ずくめの服《ふく》を着《き》て、黒《くろ》い操作棒《そうさぼう》を使《つか》ってね」

「なるほど。その人形《にんぎょう》がガラスに映《うつ》った姿《すがた》を、ぼくたちは見《み》ていたわけか。だから体《からだ》が透《す》けて、本物《ほんもの》の幽霊《ゆうれい》みたいに見《み》えたんだね！」

健太《けんた》の言葉《ことば》に真実《しんじつ》は大《おお》きくうなずいた。

これでホールを飛《と》びまわる幽霊《ゆうれい》のナゾは解《と》けた。

しかし、健太《けんた》にはもうひとつわからないことがあった。

「じゃあ、階段《かいだん》の途中《とちゅう》で見《み》た鏡《かがみ》の中《なか》の幽霊《ゆうれい》は？　あれも本物《ほんもの》じゃなかったってこと？」

「ああ。あれもガラスを使《つか》ったトリックだったんだ」

真実《しんじつ》は眼鏡《めがね》に人差《ひとさ》し指《ゆび》をあてて答《こた》えた。

「ガラス？　あれっ？　ぼくたちが見《み》たのは鏡《かがみ》だったよね？」

「いいや。あれは鏡《かがみ》じゃなくてガラスだったんだ。だからこそ幽霊《ゆうれい》が見《み》えたのさ」

「ガラスだからこそ……？　いったいどういうこと？」

健太《けんた》は首《くび》をかしげた。

「あのとき、鏡《かがみ》の中《なか》に現《あらわ》れた幽霊《ゆうれい》は、実《じつ》は、ガラスの向《む》こう側《がわ》に置《お》かれた人形《にんぎょう》だったんだ。きっと、明《あ》かりをつけたり消《け》したりして、姿《すがた》が現《あらわ》れたり消《き》えたりするしかけだったんだろう。透明《とうめい》なガラスだからこそ可能《かのう》なトリックだよ」

「そうか～！　ぼくたちふたりの姿《すがた》がはっきり映《うつ》っていたから、それで鏡《かがみ》だと思《おも》いこんじゃったんだ。でも、真実《しんじつ》くんはどうし

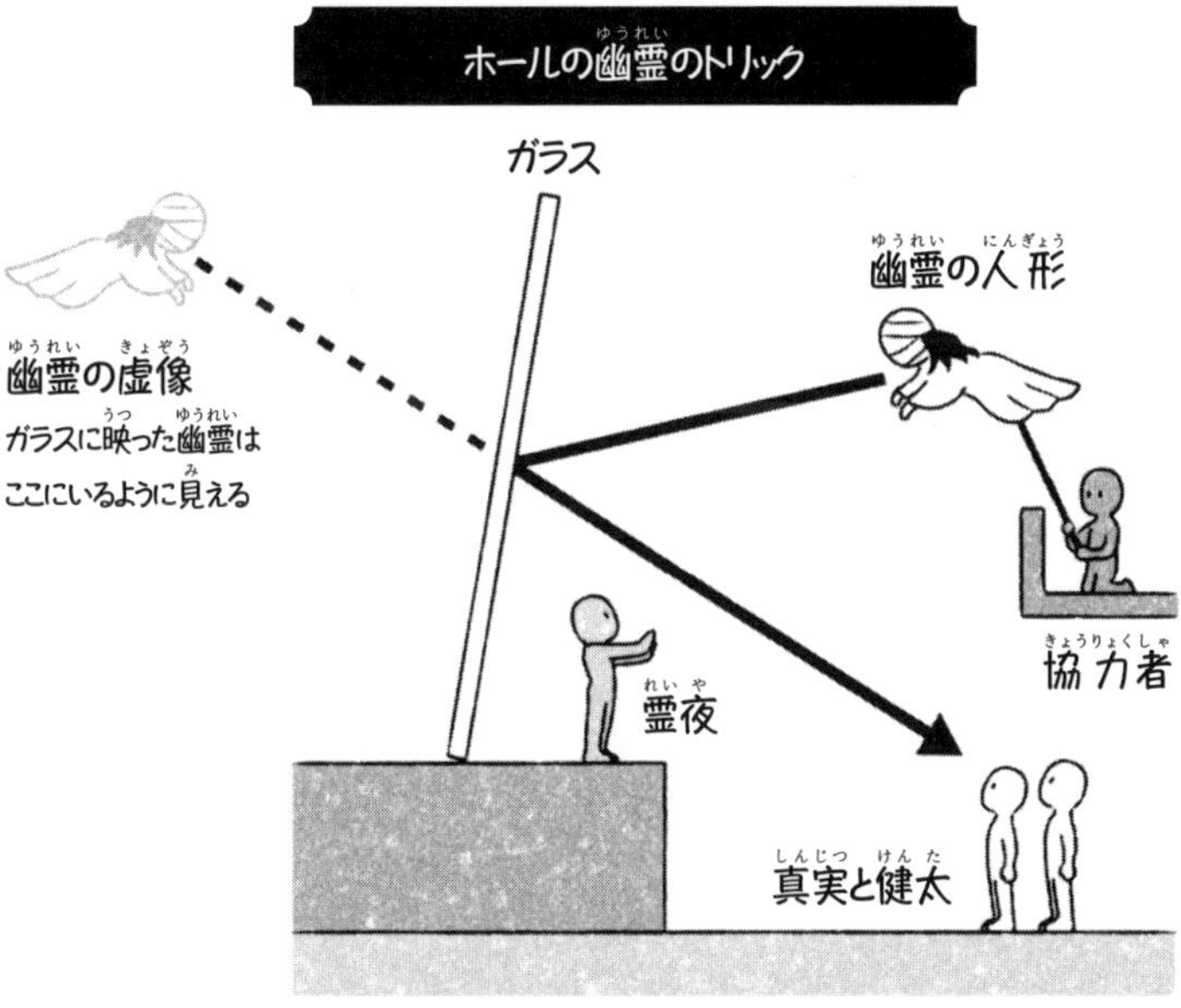
ホールの幽霊《ゆうれい》のトリック
ガラス
幽霊《ゆうれい》の人形《にんぎょう》
幽霊《ゆうれい》の虚像《きょぞう》
ガラスに映《うつ》った幽霊《ゆうれい》は
ここにいるように見《み》える
協力者《きょうりょくしゃ》
霊夜《れいや》
真実《しんじつ》と健太《けんた》

てあれがガラスだって気《き》がついたの？」

　真実《しんじつ》は思《おも》い出《だ》すように宙《ちゅう》を見上《みあ》げ、説《せつ》明《めい》を続《つづ》けた。

「暗《くら》い石段《いしだん》で、あの場所《ばしょ》だけ明《あか》るいライトがついていただろう？　それで、もしかしたらって思《おも》ったんだ。ガラスは暗《くら》いものは反射《はんしゃ》しにくい。あのライトは、ぼくたちふたりを明《あか》るく照《て》らして、ガラスに反射《はんしゃ》しやすくさせるためのものじゃないかってね」

「わ～、そこまで見抜《みぬ》いてたなんて、すごいよ真実《しんじつ》くん！」

　すべてのトリックが明《あ》かされたとき、ステージから声《こえ》が響《ひび》いた。

鏡《かがみ》のトリック

幽霊《ゆうれい》の人形《にんぎょう》を照《て》らすライトON《オン》
人形《にんぎょう》が明《あか》るく照《て》らされているので、
ガラスの向《む》こうの人形《にんぎょう》の姿《すがた》も見《み》える

幽霊《ゆうれい》の人形《にんぎょう》を照《て》らすライトOFF《オフ》
ガラスの内側《うちがわ》は暗《くら》いため、
鏡《かがみ》のように、真実《しんじつ》たちの姿《すがた》だけが映《うつ》る

「素晴《すば》らしい推理《すいり》だ。オレたち兄弟《きょうだい》のトリックは、すべて見破《みやぶ》られた」

声《こえ》のほうを振《ふ》り返《かえ》った健太《けんた》は、驚《おどろ》いて目《め》を丸《まる》くした。

そこには、霊夜《れいや》と同《おな》じ顔《かお》で、黒《くろ》ずくめの服《ふく》を着《き》た少年《しょうねん》が立《た》っていたのだ。

「ええっ!?　暗黒《あんこく》の貴公子《きこうし》がもうひとり!?」

霊夜《れいや》は、となりに立《た》つ黒《くろ》ずくめの少年《しょうねん》の肩《かた》をたたいて言《い》った。

「わたしの双子《ふたご》の弟《おとうと》、霊夢《れいむ》だ。わたしたちは双子《ふたご》の兄弟《きょうだい》だからこそ、これまで誰《だれ》にも見破《みやぶ》られない、息《いき》の合《あ》ったトリックを生《う》みだすことができたんだ」

「そうか、暗黒《あんこく》の貴公子《きこうし》はふたりでひとりだったんだね」

健太《けんた》は感心《かんしん》してウンウンとうなずいた。

霊夜《れいや》と霊夢《れいむ》は、ステージを下《お》りて真実《しんじつ》に近《ちか》づいた。

「さすがは謎野真実《なぞのしんじつ》。くやしいがわたしたち兄弟《きょうだい》の負《ま》けだ。これを持《も》っていくがいい」

霊夜《れいや》が差《さ》しだしたのは、「ＳＰＩＲＩＴ《スピリット》」と刻《きざ》まれた石盤《せきばん》だった。

「やったあ！　最初《さいしょ》のパーツを手《て》に入《い》れたね！」

健太《けんた》はガッツポーズを決《き》めた。

「だが、謎野真実《なぞのしんじつ》……忘《わす》れるな。この世《よ》には、今《いま》の科学《かがく》では答《こた》えが出《だ》せないナゾがまだまだある。科学《かがく》はけっして万能《ばんのう》じゃない」

霊夜《れいや》の言葉《ことば》に、真実《しんじつ》はゆっくりとうなずいた。

「ああ。だけどぼくは信《しん》じてるんだ。父《とう》さんが教《おし》えてくれた科学《かがく》の力《ちから》を」

そう語《かた》る真実《しんじつ》のまなざしは、深《ふか》く、まっすぐ、どこか遠《とお》くを見《み》つめるようだった。

「真実《しんじつ》くん……」

健《けん》太《た》が思《おも》わずつぶやいたそのとき、

ゴゴゴゴゴゴゴ

轟音《ごうおん》とともに、ホールの壁《かべ》が左右《さゆう》に開《ひら》きはじめた。

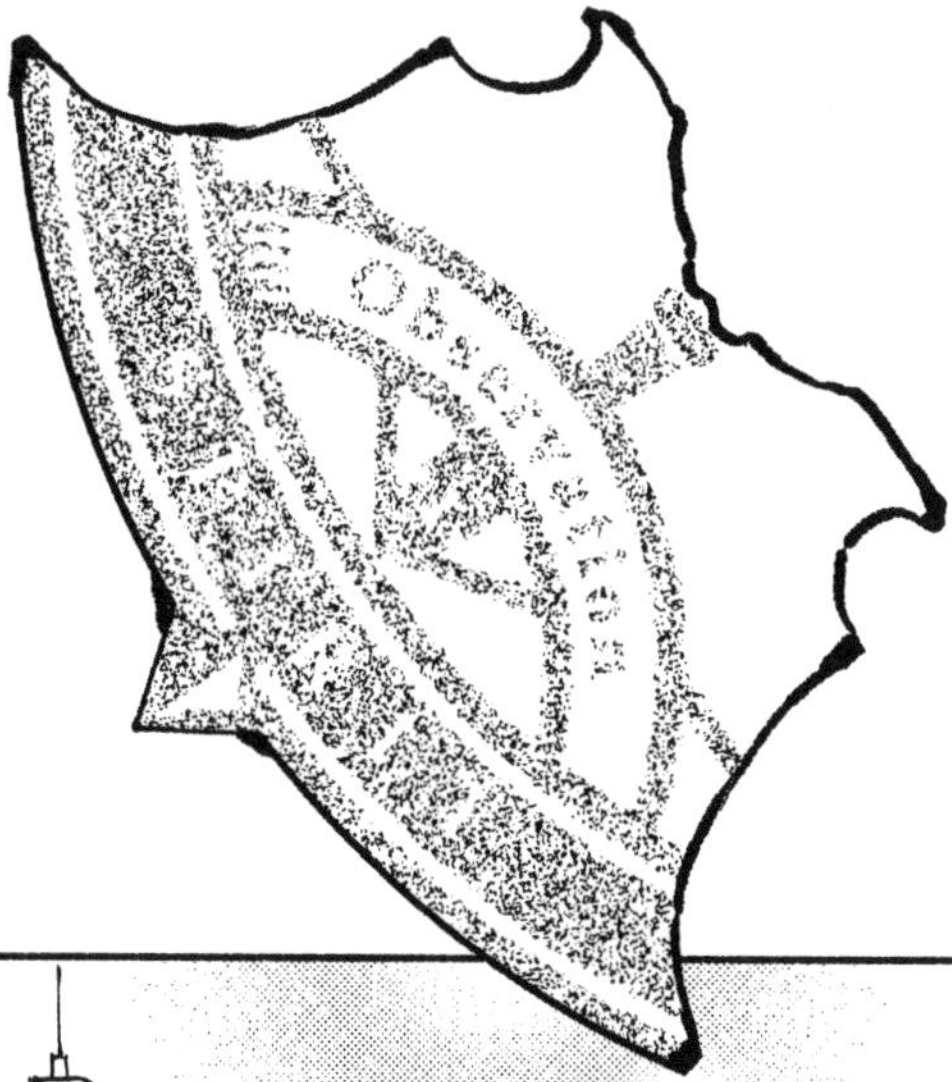

「わっ、なに？」

左右《さゆう》に開《ひら》いた壁《かべ》の中《なか》から現《あらわ》れたのは、巨大《きょだい》な窓《まど》だった。

その窓《まど》の下《した》には、ホームズ学園《がくえん》の広大《こうだい》な敷地《しきち》が広《ひろ》がっている。

ヨーロッパの宮殿《きゅうでん》のような美《うつく》しい校舎《こうしゃ》。校舎《こうしゃ》の向《む》こうには森《もり》や川《かわ》が広《ひろ》がり、そのあいだに巨大《きょだい》なドームや、たくさんの研究施設《けんきゅうしせつ》がそびえ立《た》っている。

「うわ〜、これがホームズ学園《がくえん》！」

健太《けんた》が驚《おどろ》きの声《こえ》をあげた瞬間《しゅんかん》、反対側《はんたいがわ》の壁《かべ》に映像《えいぞう》が映《うつ》しだされた。

「フフッ……展望塔《てんぼうとう》からのながめはどう？」

それは、ニヤリと余裕《よゆう》の笑《え》みを浮《う》かべる凛《りん》の姿《すがた》だった。

「どうやら、最初《さいしょ》のパーツはなんとか手《て》に入《い》れたみたいだね。だけど、ホームズ学園《がくえん》は見《み》てのとおり、と〜っても広《ひろ》い。急《いそ》がないと時間《じかん》がなくなっちゃうよ」

凛《りん》がパチンと指《ゆび》を鳴《な》らすと画面《がめん》が切《き》り替《か》わり、水槽《すいそう》の中《なか》の美希《みき》の姿《すがた》が映《うつ》しだされた。

「美希《みき》ちゃん！」

壁《かべ》の映像《えいぞう》に健太《けんた》がかけよると、水槽《すいそう》の水《みず》は美希《みき》のひざの上《うえ》まで増《ふ》えていた。

美希《みき》は、水槽《すいそう》のガラスをたたいて、叫《さけ》んでいる。くちびるは、恐怖《きょうふ》と怒《いか》りでわなわなとふるえていた。

「行《い》こう、健太《けんた》くん。次《つぎ》のエレメント『火《ひ》』のパーツを探《さが》すんだ」

「うん、急《いそ》ごう！」

真実《しんじつ》と健太《けんた》は、ホールを飛《と》びだし、塔《とう》の石段《いしだん》を駆《か》け下《お》りはじめた。

凛《りん》は、モニター越《ご》しに、遠《とお》ざかるふたりの背中《せなか》を見《み》つめ、ニヤリと笑《わら》った。

「フフッ。この先《さき》に待《ま》つ四天王《してんのう》は、もっともっと手《て》ごわいからね。ボクのところまで無事《ぶじ》にたどりつけるか、楽《たの》しみだ……」

I

SCIENCE TRICK DATA FILE

科学《かがく》トリック データファイル

ガラス? それとも鏡《かがみ》?

62ページに出《で》てきた階段《かいだん》の鏡《かがみ》のトリックは、ふだんの生活《せいかつ》でも、よく経験《けいけん》することです。たとえば、昼間《ひるま》に窓《まど》の外《そと》を見《み》ると外《そと》の景色《けしき》がよく見《み》えるのに、夜《よる》には窓《まど》が鏡《かがみ》のようになって、自分《じぶん》の姿《すがた》や部屋《へや》の中《なか》のようすが映《うつ》って見《み》えます。これも、窓《まど》ガラスの外側《そとがわ》と内側《うちがわ》の明《あか》るさの違《ちが》いで起《お》こります。

昼《ひる》　夜《よる》

これと同《おな》じ原理《げんり》を使《つか》ったものに、「マジックミラー」があります。マジックミラーは、明《あか》るいほうからは鏡《かがみ》のように見《み》えて、暗《くら》いほうからはガラスのように見《み》える、半透明《はんとうめい》の鏡《かがみ》です。

マジックミラーは、犯罪《はんざい》の捜査《そうさ》で、目撃者《もくげきしゃ》に犯人《はんにん》の顔《かお》を確《たし》かめてもらうときなどに使《つか》われます。これは、犯人《はんにん》に目撃者《もくげきしゃ》の顔《かお》を知《し》られないようにする工夫《くふう》です。

A.ガラスの片側《かたがわ》に、
光《ひかり》をよく反射《はんしゃ》する金属《きんぞく》を
塗《ぬ》ったのが、鏡《かがみ》だよ

炎《ほのお》のいけにえ台《だい》

闇《やみ》のホームズ学園《がくえん》2

事《じ》件《けん》編《へん》

「次《つぎ》はFIRE《ファイアー》――『火《ひ》』のパーツかぁ。どこに行《い》けばいいんだろう？」

ホームズ学園《がくえん》の広大《こうだい》な敷地《しきち》を見回《みまわ》しながら、健太《けんた》がつぶやく。

「ぼくには、もう見当《けんとう》がついている」

「え？」

真実《しんじつ》によると、ホームズ学園《がくえん》の敷地内《しきちない》には、あらゆる科学分析《かがくぶんせき》がおこなえる「サイエンス・ラボ」と呼《よ》ばれる施設《しせつ》があり、その捜査力《そうさりょく》はスコットランド・ヤードの科学捜査研究所《かがくそうさけんきゅうしょ》をもしのぐという。

「ホームズ学園《がくえん》の中《なか》で火《ひ》を自由《じゆう》に使《つか》える場所《ばしょ》は、サイエンス・ラボだけだ。次《つぎ》のステージはおそらくそこだろう」

「そこには、火《ひ》の四天王《してんのう》がいるんだよね？」

「ああ」

「なんだか怖《こわ》そうだな……」

健太《けんた》は思《おも》わず足《あし》がすくみそうになったが、ギュッとこぶしを握《にぎ》りしめ、気持《きも》ちをふるいたたせた。

スコットランド・ヤード
イギリスの首都《しゅと》・ロンドンにある警視庁《けいしちょう》の別称《べっしょう》。特《とく》に、重大犯罪《じゅうだいはんざい》の捜査《そうさ》をおこなう、「犯罪捜査部《はんざいそうさぶ》」をさす。かつて、スコットランドヤードという通《とお》りに面《めん》して建物《たてもの》があったため、そう呼《よ》ばれるようになった。

（ビビッている場合《ばあい》じゃない！　美希《みき》ちゃんの命《いのち》が、かかっているんだから……！）

サイエンス・ラボに、たどりついたふたり。

それは無味乾燥《むみかんそう》なコンクリートづくりの、２階《かい》建《だ》ての建物《たてもの》だった。入《い》り口《ぐち》のとびらには、火《ひ》をあがめるふたりの天使《てんし》をデザインしたエンブレムが描《えが》かれている。

真実《しんじつ》と健太《けんた》は、入《い》り口《ぐち》の重《おも》いとびらを開《あ》け、建物《たてもの》の中《なか》へと足《あし》を踏《ふ》み入《い》れた。

　中《なか》に入《はい》ると、そこには長《なが》い廊下《ろうか》が続《つづ》き、その両《りょう》サイドには、『指紋研究《しもんけんきゅう》室《しつ》』『復顔実験室《ふくがんじっけんしつ》』など、科学捜査《かがくそうさ》に関係《かんけい》したさまざまな研究室《けんきゅうしつ》や実験室《じっけんしつ》があった。

　1階《かい》のどのとびらも鍵《かぎ》がかかっていたが、いちばん奥《おく》にある『化学実験《かがくじっけん》室《しつ》』だけは開《あ》いている。

　とびらを開《あ》けて、部屋《へや》に入《はい》っていくと——。

「……えっ？」

健太《けんた》は、思《おも》わず目《め》が点《てん》になる。

試験管《しけんかん》やフラスコ、さまざまな薬品《やくひん》が並《なら》んだ実験室《じっけんしつ》に、およそ雰囲気《ふんいき》に似《に》つかわしくない、ぬいぐるみを抱《だ》いた少女《しょうじょ》がぽつんと立《た》っていたのだった。

少女《しょうじょ》は赤毛《あかげ》の縦《たて》ロールで、レースやフリル、リボンをたくさんあしらった黒《くろ》のドレスを身《み》にまとい、編《あ》みあげのブーツをはいている。

「……人形《にんぎょう》かな？」

パッチリと目《め》を見開《みひら》き、微動《びどう》だにしない少女《しょうじょ》を見《み》て、健太《けんた》は最初《さいしょ》、そう思《おも》った。

しかし、それを確《たし》かめるために、健太《けんた》が近《ちか》づいて触《ふ》れようとすると――。

「さわるな！」

少女《しょうじょ》は突然《とつぜん》、ドスのきいた魔女《まじょ》のような声《こえ》を出《だ》した。

「うわっ！」

驚《おどろ》いて、うしろに飛《と》びのく健太《けんた》。

すると、少女《しょうじょ》はにっこり笑《わら》い、今度《こんど》は一転《いってん》、アニメに出《で》てくる子《こ》どものようなかわいらしい声《こえ》で自己紹介《じこしょうかい》をする。

「火《ひ》のステージへようこそ。アタシは神宮寺《じんぐうじ》キリコ。四天王一《してんのういち》の『火《ひ》』の使《つか》い手《て》、〝炎《ほのお》の呪術師《じゅじゅつし》〟とはアタシのことよ」

「えっ、四天王《してんのう》？　……キミが？」と、驚《おどろ》く健太《けんた》。

目《め》の前《まえ》にいる少女《しょうじょ》は、どう見《み》ても、小学《しょうがく》1年生《ねんせい》くらいにしか見《み》えない。

「幼《おさな》く見《み》えるけど、彼女《かのじょ》はぼくたちと同《おな》じ学年《がくねん》だ」

真実《しんじつ》が健太《けんた》に言《い》う。

「神宮寺《じんぐうじ》キリコ。ホームズ学園《がくえん》初等科《しょとうか》の6年生《ねんせい》。科学捜査《かがくそうさ》に詳《くわ》しく、火《ひ》をあやつる技《わざ》にも長《た》けている。特技《とくぎ》は声帯模写《せいたいもしゃ》――」

真実《しんじつ》が淡々《たんたん》と告《つ》げると、キリコは満面《まんめん》の笑《え》みを浮《う》かべる。

「謎野《なぞの》真実《しんじつ》、学園一《がくえんいち》の天才《てんさい》として有名《ゆうめい》なあなたに、覚《おぼ》えていただけていたなんて光栄《こうえい》だわ」

「この学園《がくえん》の生徒《せいと》のことは、ひととおり頭《あたま》に入《はい》っている。人《ひと》の顔《かお》と名前《なまえ》と特徴《とくちょう》を覚《おぼ》えるのは、探偵《たんてい》の基本《きほん》だからね」

真実《しんじつ》がそっけなく答《こた》えると、キリコはムッとした顔《かお》になった。

「あなた、そうとうな怖《こわ》いもの知《し》らずね。このキリコ様《さま》を見《み》くびったらどうなるか、思《おも》い知《し》らせてやるわ。でも、その前《まえ》に……」

キリコは、ぬいぐるみの背中《せなか》のチャックを開《あ》け、1本《ぼん》のろうそくを取《と》り

声帯模写《せいたいもしゃ》
他人《たにん》や動物《どうぶつ》などの声《こえ》まねをする芸《げい》のことで、大正時代《たいしょうじだい》につくられた造語《ぞうご》。ちなみに、他人《たにん》や動物《どうぶつ》の動作《どうさ》をまねする芸《げい》は「形態模写《けいたいもしゃ》」という。

だす。

「まずは、ショータイム。アタシが自在《じざい》に火《ひ》をあやつれるってところを、あなたたちにお見《み》せするわ」


キリコはろうそくを台《だい》の上《うえ》に立《た》て、火《ひ》をつけた。

その火《ひ》に手《て》をかざすと、なんと火《ひ》がキリコの手《て》に燃《も》え移《うつ》る。

「わわっ、ダメだよ！　そんなことしたら、キミ、ヤケドしちゃう……」

健太《けんた》はあわてたが、手《て》が燃《も》えているというのに、キリコは平気《へいき》なようすで、ほほえみを浮《う》かべている。

キリコは、ろうそくの火《ひ》をフッと吹《ふ》き消《け》した。火《ひ》が消《き》えたろうそくからは、細《ほそ》いけむりが立《た》ちのぼる。

キリコは、火《ひ》がついた手《て》をろうそくのはるか上《うえ》のほうにかかげて、

「炎《ほのお》よ、ふたたび舞《ま》いおりよ！」

と、となえた。

すると、驚《おどろ》いたことに、消《き》えたろうそくがボッという音《おと》を立《た》ててふたたび燃《も》えはじめたのだった。

「えっ、なんで!?　今《いま》、ろうそくにひとりでに火《ひ》がついたよね!?」

びっくりしている健《けん》太《た》を見《み》て、得《とく》意《い》げな顔《かお》になるキリコ。キリコは手《て》のひらの火《ひ》をフッと吹《ふ》き消《け》すと、勝《か》ち誇《ほこ》ったようなほほえみを浮《う》かべながら、ふたりに言《い》った。

「これでわかったでしょう？　アタシには、炎《ほのお》をあやつるすごい力《ちから》があるの。しっぽを巻《ま》いて逃《に》げだすなら、今《いま》のうちよ。さもないと……」

キリコはそう言《い》ったあと、ふたたび地《ち》の底《そこ》から響《ひび》くような低《ひく》い声《こえ》で、ふたりに告《つ》げる。

「おまえたちは、このキリコ様《さま》があやつる炎《ほのお》に焼《や》かれ、ここで焼《や》け死《し》ぬことになる！」

健《けん》太《た》は、恐《おそ》ろしさにふるえあがった。

しかし、真《しん》実《じつ》は平《へい》然《ぜん》として、キリコに言《い》う。

「今《いま》、キミが見《み》せた技《わざ》は、すべて初歩的《しょほてき》なトリックを使《つか》ったマジックさ」

真実《しんじつ》はそのトリックを、すべて科学《かがく》で解《と》き明《あ》かせる、と言《い》い切《き》った。

キリコはほんの少《すこ》し動揺《どうよう》を見《み》せるが、不敵《ふてき》にほほえんで、真実《しんじつ》に言《い》い返《かえ》す。

「そこまで言《い》うなら、説明《せつめい》してもらおうじゃないの」

真実《しんじつ》は眼鏡《めがね》を人差《ひとさ》し指《ゆび》でクイッとあげ、

「いいよ」と答《こた》えた。

「まずは、手《て》に火《ひ》がついても平気《へいき》だったナゾだが……これは気化熱《きかねつ》を利用《りよう》した簡単《かんたん》なトリックさ」

「……気化熱《きかねつ》？」

キョトンとする健太《けんた》に、真実《しんじつ》はトリックの手順《てじゅん》を説明《せつめい》する。

ベンジン
ガソリンの一種《いっしゅ》で、とても火《ひ》がつきやすい燃料《ねんりょう》。衣類《いるい》のしみ抜《ぬ》きにも使《つか》われる。

手《て》に火《ひ》がついたトリック

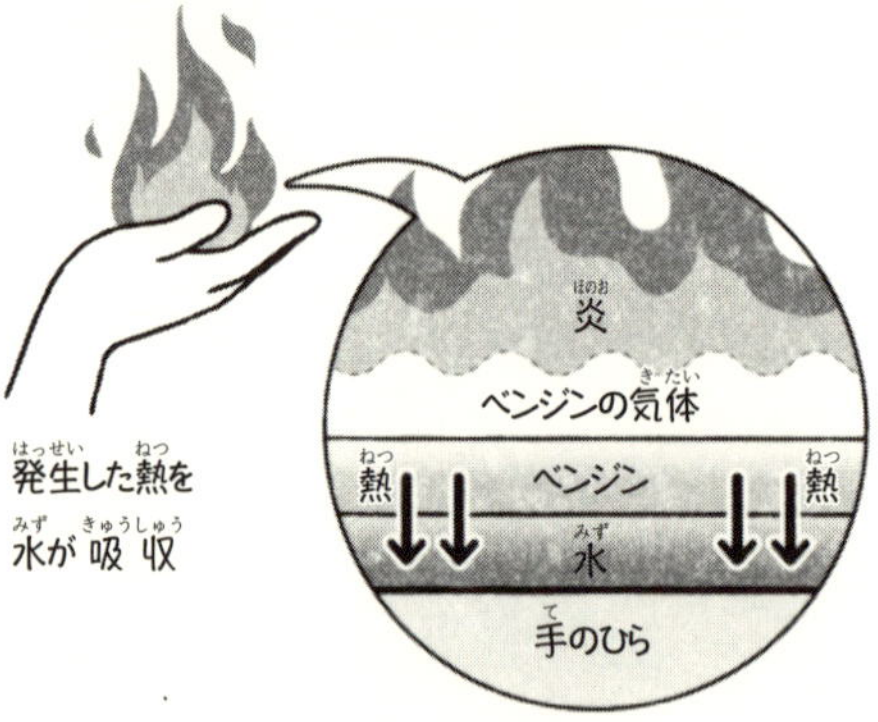
炎《ほのお》
ベンジンの気体《きたい》
熱《ねつ》
ベンジン
熱《ねつ》
水《みず》
手《て》のひら
発生《はっせい》した熱《ねつ》を
水《みず》が吸収《きゅうしゅう》

※まったく熱《あつ》くないわけではありません。
危険《きけん》なので、けっしてまねしないでね。

「はじめに手《て》に水《みず》をたっぷりつけて、そのあとに手《て》をベンジンにひたす。ベンジンはとても燃《も》えやすい液体《えきたい》で、火《ひ》をつけると、すぐに燃《も》えるんだ」

「でも、そしたら、手《て》が熱《あつ》くなっちゃうよね？」

「ところが、このとき、最初《さいしょ》に手《て》につけた水《みず》も加熱《かねつ》されて、液体《えきたい》から気体《きたい》に状態《じょうたい》が変化《へんか》する。水《みず》が水蒸気《すいじょうき》になるのに必要《ひつよう》な熱《ねつ》を『気《き》化熱《かねつ》』っていうんだけど、ベンジンが燃《も》えるときに出《で》た熱《ねつ》は、この『気化熱《きかねつ》』として使《つか》われてしまう。だから、手《て》の皮膚《ひふ》には、あまり熱《あつ》さが伝《つた》わらないのさ」

「そっか！　だから、手《て》に火《ひ》をつけても平気《へいき》だったんだね！」

健太《けんた》は感心《かんしん》する。

「次《つぎ》に、消《き》えたろうそくに火《ひ》を近《ちか》づけないで、ふたたび火《ひ》がついたナゾ。彼女《かのじょ》はろうそくで

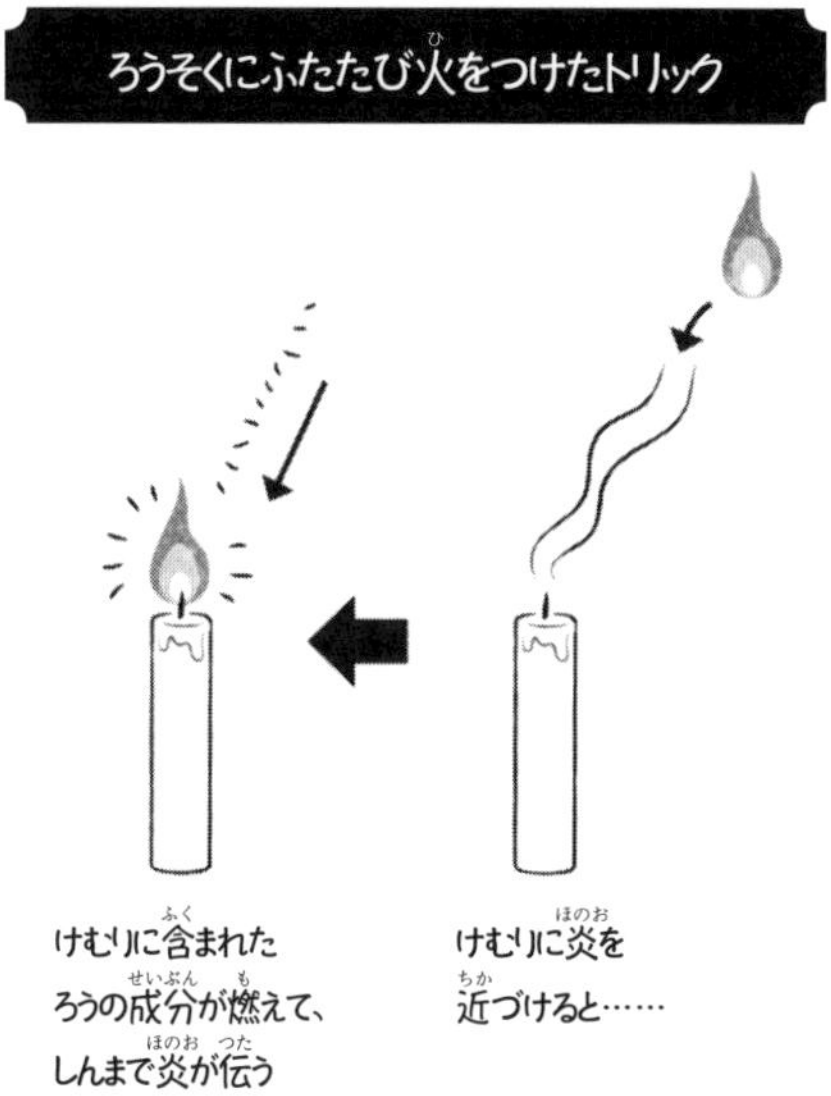
ろうそくにふたたび火《ひ》をつけたトリック
けむりに炎《ほのお》を近《ちか》づけると……
けむりに含《ふく》まれたろうの成分《せいぶん》が燃《も》えて、しんまで炎《ほのお》が伝《つた》う

はなく、そのけむりに火《ひ》をつけたんだ」

「えっ、けむりに!?」

「ろうそくは、ろうが蒸発《じょうはつ》して気体《きたい》となったものが燃《も》えているんだ。そして、消《き》えたあとのろうそくのけむりにも、気体《きたい》となったろうが含《ふく》まれている」

「あ、だから、その気体《きたい》のろうを含《ふく》んだけむりに火《ひ》を近《ちか》づけると……」

「火《ひ》が気体《きたい》のろうを燃《も》やしながら、けむりを伝《つた》って、ろうそくに火《ひ》がつくってわけさ」

真実《しんじつ》の説明《せつめい》に、健太《けんた》は「なるほど」と言《い》いながら、うなずいた。


簡単《かんたん》にトリックを暴《あば》かれたキリコは、くやしそうに顔《かお》をゆがめる。

「よくも見破《みやぶ》ってくれたな!」


キリコは地《ち》の底《そこ》から響《ひび》くような低《ひく》い声《こえ》で言《い》ったあと、ふたたびにっこり笑《わら》い、かわいい声《こえ》で告《つ》げた。

「どうやらあなたたちには、キツ〜イおしおきが必要《ひつよう》なようね」

マッチに火《ひ》をつけるキリコ。真実《しんじつ》と健太《けんた》は、とっさにあとずさる。

すると、キリコは、その火《ひ》をふたりが立《た》っている前《まえ》の床《ゆか》に投《な》げ落《お》とした。

「今《いま》、あなたたちの前《まえ》には、炎《ほのお》の海《うみ》が広《ひろ》がったわ。これ以上《いじょう》、アタシに近《ちか》づくことはできない。パーツはあきらめなさい」

キリコの言葉《ことば》に、健太《けんた》はキョトンとする。

「へ？　炎《ほのお》なんてどこにもないよ？」

そう言《い》いながら、一歩《いっぽ》踏《ふ》みだす健太《けんた》。

そのとたん、「あちちっ！」と叫《さけ》んであわてて足《あし》を引《ひ》っ込《こ》めた。

「ホントだ！　何《なに》これ!?　どういうこと!?」

このとき、真実《しんじつ》は、実験室《じっけんしつ》の片隅《かたすみ》に積《つ》みあげられた燃料用《ねんりょうよう》アルコールの缶《かん》に気《き》づく。

「そういうことか……」

真実《しんじつ》はつぶやき、顔《かお》をこわばらせる。

「たしかに、ぼくたちの前《まえ》には、炎《ほのお》の海《うみ》がある。見《み》えない炎《ほのお》の海《うみ》だ」

「えっ、見《み》えない炎《ほのお》の海《うみ》？」

「アルコールを燃《も》やすと、炎《ほのお》は青白《あおじろ》くなる。青白《あおじろ》い炎《ほのお》は、明《あか》るい場所《ばしょ》では見《み》えにくい。まさに、見《み》えない炎《ほのお》になるんだ。おそらく彼女《かのじょ》は、ぼくたちがここへ来《く》る前《まえ》にアルコールを床《ゆか》にまいておいて、そこに火《ひ》をつけたんだろう」

「どうしよう？　ぼくたち、どうやって、ここから抜《ぬ》けだせばいいの？」

おろおろしながらたずねる健太《けんた》。

あたりを注意深《ちゅういぶか》く見回《みまわ》していた真実《しんじつ》は、何《なに》かに気《き》づくと、すばやく実験室《じっけんしつ》の戸棚《とだな》に歩《あゆ》み寄《よ》った。

そして、そこに並《なら》んだ実験用《じっけんよう》の薬品《やくひん》の中《なか》から、粉末《ふんまつ》が入《はい》った瓶《びん》をいくつか取《と》りだした。

「真実《しんじつ》くん、何《なに》するの？」

「こうするのさ」

健太《けんた》がいぶかしげに見《み》つめるなか、真実《しんじつ》は、瓶《びん》の中身《なかみ》の粉末《ふんまつ》を、次々《つぎつぎ》と見《み》えない炎《ほのお》のある

あたりにまいた。すると……。

　突然《とつぜん》、見《み》えない炎《ほのお》が赤《あか》や緑《みどり》、紫《むらさき》や黄色《きいろ》の炎《ほのお》となって、真実《しんじつ》たちの目《め》の前《まえ》に姿《すがた》を現《あらわ》したのだ。

「ああっ、炎《ほのお》に色《いろ》がついて見《み》えるようになった！　真実《しんじつ》くん、これってどういうこと？」

「ぼくがまいたのは、金属《きんぞく》の化合物《かごうぶつ》の粉末《ふんまつ》だ。特定《とくてい》の金属《きんぞく》を燃《も》やすと、炎《ほのお》に決《き》まった色《いろ》がつく。『炎色反応《えんしょくはんのう》』っていうんだ」

　そう言《い》うと真実《しんじつ》は、目《め》に見《み》えるようになった炎《ほのお》をひらりと飛《と》び越《こ》えた。

「ほら、健太《けんた》くん。この場所《ばしょ》がいちばん、炎《ほのお》の幅《はば》が狭《せま》くなっている。だから、キミも怖《こわ》がらずに、炎《ほのお》を飛《と》び越《こ》えるんだ！」

　健太《けんた》をうながす真実《しんじつ》。

「……でも、失敗《しっぱい》したら、火《ひ》の海《うみ》に落《お》ちて、火《ひ》だるまになっちゃうよね？」

　健太《けんた》はしりごみしたが、このとき、頭《あたま》に浮《う》かんだのは、美希《みき》の姿《すがた》だっ

炎色反応《えんしょくはんのう》
金属《きんぞく》が燃《も》えるときに、金属《きんぞく》ごとに決《き》まった色《いろ》が出《で》る反応《はんのう》。代表的《だいひょうてき》なものは次《つぎ》のとおり。
リチウム…赤《あか》
ナトリウム…黄《き》
カリウム…紫《むらさき》
銅《どう》…青緑《あおみどり》
バリウム…黄緑《きみどり》
カルシウム…だいだい
ストロンチウム…赤《あか》

た。

（ここで勇気《ゆうき》を出《だ》さなかったら、美希《みき》ちゃんを助《たす》けられない……）

健太《けんた》は勇気《ゆうき》をふりしぼると、思《おも》いっきりジャンプした。しかし、飛距離《ひきょり》が足《た》りず、炎《ほのお》の海《うみ》に落《お》ちそうになる。

その瞬間《しゅんかん》、真実《しんじつ》が健太《けんた》の腕《うで》をつかんで引《ひ》き寄《よ》せた。

ふたりはもつれ合《あ》って、床《ゆか》に倒《たお》れ込《こ》む。

思《おも》いっきりヒジを床《ゆか》に打《う》ちつけた真実《しんじつ》は、痛《いた》そうに顔《かお》をしかめた。

「真実《しんじつ》くん、だいじょうぶ!?」

「……心配《しんぱい》ない。単《たん》なる打撲《だぼく》さ」

そんなふたりの姿《すがた》を見《み》て、キリコは驚《おどろ》いたようすを見《み》せる。

「謎野《なぞの》真実《しんじつ》……あなたって変《か》わってるわね。自分《じぶん》が痛《いた》い思《おも》いをしてまで、こんな子《こ》をかばうなんて……。でも、おかげであなたの弱点《じゃくてん》がわかったわ。あなたの弱点《じゃくてん》——、それは……この子《こ》ね！」

そう言《い》って、キリコは健太《けんた》を指《ゆび》さした。

真実《しんじつ》は、キリコのほうを見向《みむ》きもせず、部屋《へや》のすみに設置《せっち》されていた消《しょう》火器《かき》で、床《ゆか》に広《ひろ》がった火《ひ》を消《け》すと、涼《すず》しげな顔《かお》でキリコに言《い》う。

「ぼくたちは、早《はや》くこのゲームを終《お》わらせて、パーツを手《て》に入《い》れたい。キミの火遊《ひあそ》びにつきあってるヒマはないんだ」

キリコは、ワナワナとこぶしをふるわせた。

「今《いま》までのは、ほんのお遊《あそ》び。本番《ほんばん》はこれからよ！　このキリコ様《さま》を侮《ぶ》辱《じょく》したら、どうなるか……謎野《なぞの》真実《しんじつ》、あなたを追《お》いつめ、『参《まい》りました』と言《い》わせてやるわ！」

キリコは言《い》い終《お》わるや、ぬいぐるみの背中《せなか》からリモコンを取《と》りだし、ボタンを押《お》す。すると、天井《てんじょう》の一部《いちぶ》が自動的《じどうてき》に開《ひら》いて、そこからハシゴがスルスルと下《お》りてきた。

パニエでふくらませたドレスのすそをたくしあげて、ハシゴを上《のぼ》りはじめるキリコ。

真実《しんじつ》と健太《けんた》は、顔《かお》を見合《みあ》わせる。

パニエ
スカートの下《した》にはき、スカートを形良《かたちよ》くふくらませるための下着《したぎ》。現在《げんざい》は、レースのスカートを何枚《なんまい》も重《かさ》ねたつくりのものが多《おお》いが、昔《むかし》は、木《き》の枠《わく》やクジラのひげを鳥《とり》かごのような形《かたち》にしたものを使《つか》っていた。

「……何《なに》をする気《き》なんだろう？」

ハシゴを上《のぼ》りきったキリコは、上《うえ》の階《かい》へと姿《すがた》を消《け》した。

すると、そこから、「**きゃあぁっ！**」という美希《みき》の悲鳴《ひめい》が聞《き》こえてくる。

「**助《たす》けて！　健太《けんた》くん！**」

「美希《みき》ちゃん！」

健太《けんた》は叫《さけ》ぶなり、ハシゴをいっきに上《のぼ》った。

いぶかしげにその姿《すがた》を目《め》で追《お》っていた真実《しんじつ》は、次《つぎ》の瞬間《しゅんかん》、ハッとする。

「待《ま》て！　罠《わな》だ！」

しかし、時《とき》すでに遅《おそ》く、上《うえ》の階《かい》から、健太《けんた》の悲鳴《ひめい》が聞《き》こえてきた。

「**うわあああああっ！**」

真実《しんじつ》は助《たす》けに向《む》かおうとしたが、ハシゴは天井《てんじょう》の穴《あな》にスルスルと吸《す》い込《こ》まれ、天井《てんじょう》のとびらはふたたび閉《し》まった。

「……遅《おそ》かったか」

閉《と》ざされた天井《てんじょう》のとびらを見《み》つめ、真実《しんじつ》はつぶやく。


「化学実験室《かがくじっけんしつ》の上《うえ》は、たしか……声紋分析室《せいもんぶんせきしつ》だったな」

実験室《じっけんしつ》を出《で》た真実《しんじつ》は、廊下《ろうか》の反対側《はんたいがわ》にある階段《かいだん》を上《のぼ》り、2階《かい》へとやってきた。

長《なが》い廊下《ろうか》を歩《ある》き、「声紋分析室《せいもんぶんせきしつ》」とプレートがかかった部屋《へや》の前《まえ》までやってくる。

とびらを開《あ》け、真実《しんじつ》はその部屋《へや》に足《あし》を踏《ふ》み入《い》れた。


「……！」

真実《しんじつ》の目《め》に真《ま》っ先《さき》に飛《と》び込《こ》んできたのは、鉄《てつ》の柱《はしら》にしばりつけられ、とらわれの身《み》となった健太《けんた》の姿《すがた》だった。

その横《よこ》には、ぬいぐるみを抱《だ》いたキリコが立《た》っている。

「ごめん……ぼく、つかまっちゃった……」

真実《しんじつ》の姿《すがた》を見《み》て、健太《けんた》はくやしそうに言《い》った。

「謎野真実《なぞのしんじつ》、天才《てんさい》って呼《よ》ばれるあなただけど、相棒《あいぼう》はそうとうなおバカさんね。あの声《こえ》をアタシの声帯模写《せいたいもしゃ》とも気《き》づかず、罠《わな》に飛《と》び込《こ》んでくるなんて……」

キリコはそう言《い》うと、「助《たす》けて、健太《けんた》くん」と、美希《みき》の声《こえ》まねをしてみせる。

健太《けんた》は、ぼうぜんとなった。

「ホンモノの青井美希《あおいみき》は、凛《りん》くんと一緒《いっしょ》に最終《さいしゅう》ステージにいるわ。ほら、このとおり！」

キリコはぬいぐるみのポケットからスマートフォンを取《と》りだすと、その画面《がめん》を健太《けんた》に見《み》せる。

画面《がめん》には、水槽《すいそう》の中《なか》で、必死《ひっし》に叫《さけ》んでいる美希《みき》の姿《すがた》が映《うつ》っていた。

「美希《みき》ちゃん!!」

思《おも》わず叫《さけ》ぶ健太《けんた》。水《みず》はすでに、美希《みき》の腰《こし》のあたりまで迫《せま》っている。

「かわいそうに……あなたたちがグズグズしているあいだに、この子《こ》、溺《おぼ》れちゃうかもね」

「そんな……」

健太《けんた》はうつむき、ワナワナと肩《かた》をふるわせていたが、やがて顔《かお》を上《あ》げると、決意《けつい》の表情《ひょうじょう》で真実《しんじつ》に言《い》った。

「真実《しんじつ》くん、ごめん。ぼくのことはいいから、美希《みき》ちゃんを助《たす》けにいって！」

「そんなこと、できるはずないだろう」

真実《しんじつ》は即座《そくざ》に答《こた》えたあと、あたりを見回《みまわ》しながら、状況《じょうきょう》を確認《かくにん》しはじめる。

健太《けんた》がとらわれた鉄《てつ》の柱《はしら》のまわりは、オレンジ色《いろ》の液体《えきたい》で満《み》たされた、浅《あさ》い池《いけ》になっていた。

「……オレンジ色《いろ》の液体《えきたい》か。……このにおい……ガソリンだな」

ガソリンの池《いけ》には、導火線《どうかせん》の一端《いったん》が入《はい》っていた。導火線《どうかせん》をたどっていくと、部屋《へや》の片隅《かたすみ》に置《お》かれた、ガラス製《せい》のスタンドへと続《つづ》いていた。

スタンドは、真実《しんじつ》が見上《みあ》げるほどの高《たか》さで、上部《じょうぶ》には、直径《ちょっけい》10㎝ほどの、口《くち》が開《ひら》いたガラスの筒《つつ》がある。その中《なか》では、ろうそくが赤々《あかあか》と燃《も》えていた。


ガソリンの色《いろ》は何色《なにいろ》？

自動車用《じどうしゃよう》のガソリンはオレンジ系《けい》の色《いろ》だが、これは本来《ほんらい》のガソリンの色《いろ》ではない。実《じつ》は、ガソリンは無色《むしょく》。ほかの油《あぶら》と間違《まちが》わないよう、法律《ほうりつ》でオレンジ系《けい》の色《いろ》をつけるように定《さだ》められている。

導火線《どうかせん》は、スタンドの脚《あし》の中《なか》を通《とお》って、そのろうそくの底《そこ》につながっているようだ。

「なるほど……ろうそくの火《ひ》が下《した》まで達《たっ》したとき、その火《ひ》が導火線《どうかせん》に燃《も》え移《うつ》って、ガソリンに引火《いんか》するってわけか」

「ええっ!?」

健太《けんた》は、真《ま》っ青《さお》になる。

「そのとおりよ」

キリコはうなずいた。

「ろうそくが燃《も》えつきるまでに火《ひ》を消《け》さなければ、謎野真実《なぞのしんじつ》、あなたの相棒《あいぼう》は、炎《ほのお》の海《うみ》に包《つつ》まれる。鉄《てつ》の柱《はしら》が真《ま》っ赤《か》に燃《も》えて……あなたの目《め》の前《まえ》で、焼《や》け死《し》ぬのよ！」

「そんな……！」

がくぜんとする健太《けんた》。

「助《たす》けて！　死《し》にたくない!!」

「落《お》ち着《つ》くんだ、健太《けんた》くん……」

真実《しんじつ》の声《こえ》に、健太《けんた》はハッとする。

（……そうだ。ぼくたちは、美希《みき》ちゃんを助《たす》けにきたんだ。ぼくがしっかりしなくてどうする）

健太《けんた》は、周囲《しゅうい》の状況《じょうきょう》を確認《かくにん》している真実《しんじつ》に目《め》をやった。

（だいじょうぶ……真実《しんじつ》くんを信《しん》じよう）

真実《しんじつ》は、ガラスの筒《つつ》がくくりつけられたスタンドの側《がわ》に寄《よ》り、赤々《あかあか》と燃《も》えるろうそくの炎《ほのお》を見《み》つめながら、つぶやく。

「あのろうそくは、ガラスの筒《つつ》におおわれていて、ぼくの背《せ》より高《たか》い位置《いち》にある。吹《ふ》き消《け》すことは不可能《ふかのう》だ。だとしたら、どうやって……？」

「道具《どうぐ》を使《つか》って、ガラスを割《わ》るのは反則《はんそく》よ」

横《よこ》から、キリコがピシャリと言《い》う。

「ろうそくに水《みず》をかけるのもダメ。謎野真実《なぞのしんじつ》、あなたは、そのろうそくに指一本《ゆびいっぽん》触《ふ》れちゃいけないの。さもないと、パーツは渡《わた》さないわ」

「そんな……！」

ふたたびがくぜんとする健太《けんた》。

（吹《ふ》き消《け》すのも、水《みず》をかけるのも、さわるのもダメなんて……それじゃ、いくら真実《しんじつ》くんでも……）

そうしているあいだにも、ろうそくは、どんどん短《みじか》くなっていく。

（……もうダメだ……）

健太《けんた》は泣《な》きたい気持《きも》ちを必死《ひっし》でこらえながら、ふるえる声《こえ》でつぶやく。

「焼《や》け死《し》ぬって、熱《あつ》いのかな？　……痛《いた》いのかな？」

「……」

健太《けんた》の問《と》いに、真実《しんじつ》は何《なに》も答《こた》えず、口元《くちもと》に手《て》を当《あ》てたまま、ずっと何《なに》かを考《かんが》え続《つづ》けている。

「歌《うた》をうたっていれば、少《すこ》しは怖《こわ》くなくなるかも……」

健太《けんた》は、消《き》え入《い》りそうな声《こえ》でつぶやいた。

ハッとして、顔《かお》をあげる真実《しんじつ》。

「……そうか、その手《て》があった！」

「え!?」

健太《けんた》は驚《おどろ》いて、真実《しんじつ》の顔《かお》を見《み》る。

「吹《ふ》いたり、水《みず》をかけたりする以外《いがい》にも、火《ひ》を消《け》す方法《ほうほう》はある。ガラスの筒《つつ》に手《て》を触《ふ》れなくてもね」

あることをすればガラスの筒《つつ》の中《なか》に風《かぜ》を起《お》こせるんだ

解《かい》決《けつ》編《へん》

「もしかして……それが歌《うた》!?」

「ああ。そのとおりさ」

真実《しんじつ》は答《こた》えると、ガラスの筒《つつ》の下《した》で、「アー」と、歌《うた》うような声《こえ》を出《だ》した。

しかし、何《なに》も起《お》きない。すると――。

「アー　アー　アー　アー」

真実《しんじつ》は、高《たか》い音《おと》から低《ひく》い音《おと》、いろんな音程《おんてい》の声《こえ》を出《だ》しはじめた。

すると、真実《しんじつ》がある音程《おんてい》の声《こえ》を出《だ》したとき、ガラスの中《なか》の炎《ほのお》がゆらりとゆれる。

「なるほど、この音程《おんてい》か……」

真実《しんじつ》は深《ふか》く息《いき》を吸《す》い込《こ》み、同《おな》じ音程《おんてい》の音《おと》を、もう一度《いちど》、発《はっ》した。

「ア――――」

ガラスの中《なか》のろうそくの炎《ほのお》が大《おお》きくゆれはじめる。

真実《しんじつ》は何度《なんど》も何度《なんど》も、声《こえ》を発《はっ》し続《つづ》けた。

すると、ついに……筒《つつ》の中《なか》のろうそくの炎《ほのお》が、ふうっとけむりに変《か》わった。

「火《ひ》が消《き》えた!!」

健太《けんた》は叫《さけ》び、「やった！　やった！」と、大喜《おおよろこ》びした。

「真実《しんじつ》くん、ありがとう！　キミがきっと助《たす》けてくれるって信《しん》じてたよ！」

感激《かんげき》で、泣《な》きそうになる健太《けんた》。

「でも、歌《うた》うだけでろうそくの火《ひ》が消《き》えるって、いったいどうして!?」

「秘密《ひみつ》は、このガラスの筒《つつ》にあるのさ」

「……え？」と、健太《けんた》は、ろうそくが入《はい》ったガラスの筒《つつ》を見《み》る。

「コップや、このガラスの筒《つつ》のような容器《ようき》は、特定《とくてい》の周波数《しゅうはすう》の音《おと》を増幅《ぞうふく》させる性質《せいしつ》がある。共鳴《きょうめい》っていうんだ」

共鳴《きょうめい》でろうそくの火《ひ》が消《き》える

同《おな》じ周波数《しゅうはすう》を持《も》つ
ガラスの筒《つつ》だけが共鳴《きょうめい》する

「……共鳴《きょうめい》？」

「そう。その共鳴《きょうめい》によって、ガラスの筒《つつ》の中《なか》の空気《くうき》がゆらされた。音《おと》の正体《しょうたい》は、空気《くうき》のふるえだからね。つまり、ぼくが出《だ》した特定《とくてい》の周波数《しゅうはすう》の音《おと》に、ガラスの筒《つつ》の中《なか》の空気《くうき》が共鳴《きょうめい》して、ふるえた。そして、火《ひ》を消《け》せるほどの風《かぜ》を起《お》こしたってわけさ」

「……そっか。真実《しんじつ》くんがいろんな高《たか》さの声《こえ》を出《だ》していたのは、そのガラスの筒《つつ》に合《あ》う音《おと》を探《さが》していたからなんだね？」

健太《けんた》の言葉《ことば》に、「そのとおり！」と、真実《しんじつ》はうなずく。

「健太《けんた》くん、キミも少《すこ》しは科学的思考《かがくてきしこう》が身《み》についたようだね」

「真実《しんじつ》くんのおかげだよ」

ほほえみを交《か》わしあうふたりに、キリコはピクリとこめかみを引《ひ》きつらせた。


鉄《てつ》の柱《はしら》から解放《かいほう》されて、ホッとした笑顔《えがお》を浮《う》かべる健太《けんた》。

その横《よこ》で、キリコはくやしそうに顔《かお》をゆがめていたが、やがて言《い》った。

「さすがは謎野真実《なぞのしんじつ》、みごとだわ。首席《しゅせき》の生徒《せいと》だけが着《き》られるそのマントは、ダテじゃなかったのね」

「えっ、真実《しんじつ》くんのそのマントって、そんなにすごいマントだったの？　そういえば、そのボタンの模様《もよう》……ホームズ学園《がくえん》の校章《こうしょう》と同《おな》じだね！」

健太《けんた》はそう言《い》って、あらためて真実《しんじつ》を誇《ほこ》らしげに見《み》る。

うれしそうな健太《けんた》の笑顔《えがお》を見《み》て、キリコはフンッと鼻《はな》を鳴《な》らした。

「火《ひ》のステージでのミッションは、これで終《お》わりよ。残念《ざんねん》だけど、これをあなたたちに渡《わた》すしかないわね」

火《ひ》のステージをクリアしたしるしとして、「ＦＩＲＥ《ファイアー》」と刻《きざ》まれた石盤《せきばん》をふたりに渡《わた》すキリコ。

「やったぁ！　火《ひ》のパーツをゲットした！」

大《おお》ハシャギする健太《けんた》とは対照的《たいしょうてき》に、真実《しんじつ》は冷静《れいせい》な顔《かお》でつぶやく。

「いや、まだ、ふたつ目《め》だ。パーツはあと三《みっ》つ。急《いそ》いで探《さが》さないと」

「そうね。急《いそ》いだほうがいいみたい。手遅《ておく》れにならないことを祈《いの》ってるわ」

首席《しゅせき》
学校《がっこう》などで、成績《せいせき》が１位《い》の人《ひと》のこと。

キリコは皮肉《ひにく》たっぷりに、ふたりに告《つ》げた。

立《た》ち去《さ》る真実《しんじつ》たちの背中《せなか》を見《み》ながら、キリコはポツリとつぶやく。

「ろうそくと導火線《どうかせん》は、つながってなかったんだけどね」

「……え？」と、驚《おどろ》いて振《ふ》り返《かえ》る健太《けんた》。

「アタシはただ、謎野真実《なぞのしんじつ》と勝負《しょうぶ》ができるって聞《き》いたから、凛《りん》くんの誘《さそ》いに乗《の》っただけ。あなたを殺《ころ》すことに興味《きょうみ》はないわ」

キリコはそれだけ言《い》うと、ぼうぜんとしている健太《けんた》に向《む》かって、ニコッとほほえみながら、手《て》を振《ふ》った。

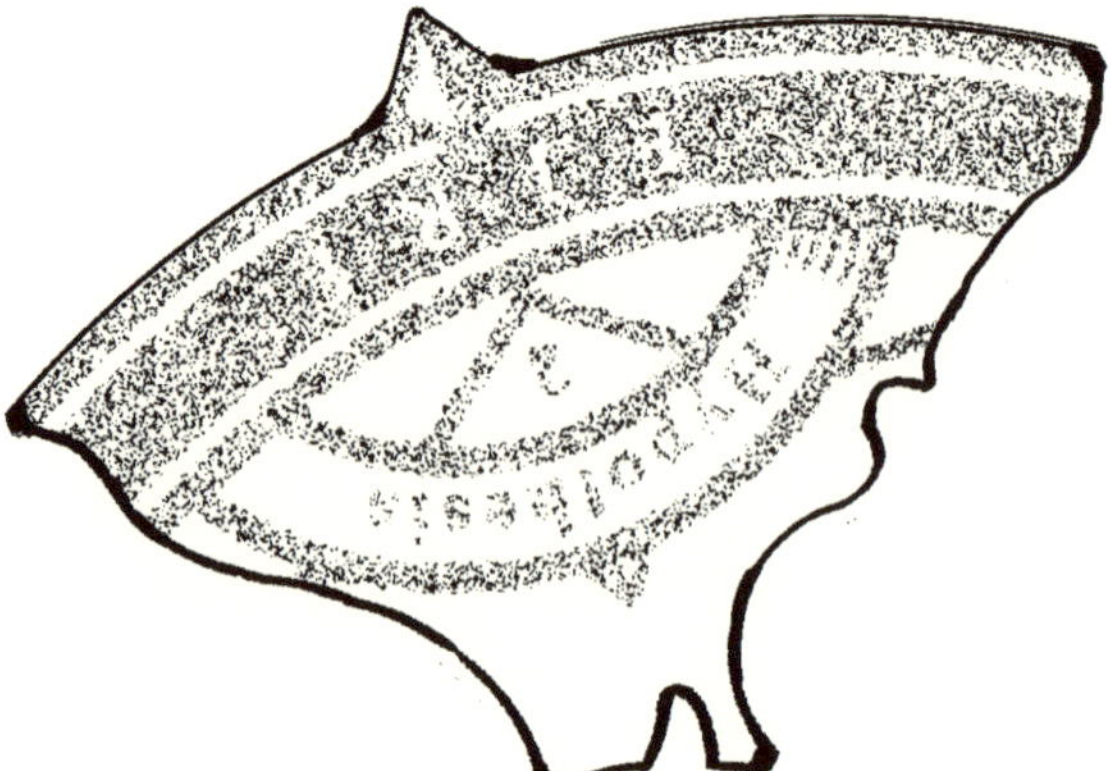

ふたつ目《め》のパーツを手《て》に入《い》れた真実《しんじつ》と健太《けんた》は、部屋《へや》から、2階《かい》の廊下《ろうか》に出《で》る。
そのまま、廊下《ろうか》の反対側《はんたいがわ》にある階段《かいだん》のほうへと、ふたりは歩《ある》いていった。

すると、どこかから、**ガタン！ガタン！**という物音《ものおと》が聞《き》こえてきた。

「なに？　今《いま》の音《おと》？」

「あっちの倉庫《そうこ》のほうから、聞《き》こえてきたみたいだ」

物音《ものおと》がした倉庫《そうこ》の前《まえ》へと走《はし》っていく真実《しんじつ》と健太《けんた》。

見《み》ると、とびらの取《と》っ手《て》に鉄《てつ》の棒《ぼう》が差《さ》し込《こ》まれている。

「誰《だれ》か、この中《なか》に閉《と》じ込《こ》められているのかな？」

健太《けんた》がつぶやいたそのとき、倉庫《そうこ》の中《なか》から

「助《たす》けてくれ……！」という声《こえ》が聞《き》こえてきた。

真実《しんじつ》は鉄《てつ》の棒《ぼう》をはずし、倉庫《そうこ》のとびらを開《あ》ける。

「学園長《がくえんちょう》!?」

そこにいたのは、少《すこ》し長《なが》めの巻《ま》き毛《げ》を七三《しちさん》に分《わ》けた、口《くち》ひげの紳士《しんし》。

秀《ひい》でたひたいは、いかにも知的《ちてき》な雰囲気《ふんいき》で、目《め》には鋭《するど》い光《ひかり》を宿《やど》している。

紳士《しんし》は、凛《りん》の父《ちち》――学園長《がくえんちょう》の飯島善《いいじまぜん》だった。

今回《こんかい》の凛《りん》のたくらみを知《し》って、止《と》めようとしたところ、凛《りん》に閉《と》じ込《こ》められてしまった、という。

「真実《しんじつ》くん、すまない。凛《りん》のやつが、キミたちの友達《ともだち》を危険《きけん》な目《め》にあわせて……まさか、凛《りん》がこんなとんでもないことをしでかすとは、思《おも》わなかった」

学園長《がくえんちょう》は申《もう》し訳《わけ》なさそうに言《い》い、苦《くる》しげな表情《ひょうじょう》でつぶやく。

「とにかく一刻《いっこく》も早《はや》く、凛《りん》を捜《さが》しださなくては……」

「彼《かれ》の目的《もくてき》は、ぼくへの挑戦《ちょうせん》です」

真実《しんじつ》は答《こた》える。

「彼《かれ》は今《いま》、この学園《がくえん》の四天王《してんのう》と呼《よ》ばれる生徒《せいと》たちを使《つか》って、ぼくにさまざまなナゾを投《な》げかけています。そのナゾをすべて解《と》き明《あ》かせば、彼《かれ》の居場所《いばしょ》がわかり、とらわれの身《み》となっている友達《ともだち》も助《たす》けることができると思《おも》います」

「……そうか」

学園長《がくえんちょう》はうなずき、真実《しんじつ》の肩《かた》をたたく。

「わたしも凛《りん》のいる場所《ばしょ》の心当《こころあ》たりを探《さが》す。凛《りん》を見《み》つけしだい、こんなバカなことはやめるように言《い》って聞《き》かせるつもりだ」

学園長《がくえんちょう》はそう言《い》うと、その場《ば》を離《はな》れていった。

その背中《せなか》を見送《みおく》って、真《しん》実《じつ》は健太《けんた》をうながす。

「さあ、次《つぎ》へ行《い》こう」

「うん、急《いそ》がなきゃ！」

次《つぎ》のステージで待《ま》ち受《う》けるナゾを解《と》くため、ふたりは走《はし》りだした。

2

SCIENCE TRICK DATA FILE

科学《かがく》トリック データファイル

驚《おどろ》きの共振《きょうしん》（共鳴《きょうめい》）現象《げんしょう》

共振《きょうしん》（音《おと》の場合《ばあい》は「共鳴《きょうめい》」とも呼《よ》ぶ）は、そのもの自体《じたい》が持《も》つゆれのリズム（振動数《しんどうすう》）と同《おな》じ振動《しんどう》が外《そと》から加《くわ》わったときに、ゆれが激《はげ》しくなる現象《げんしょう》をいいます。たとえば、公園《こうえん》のブランコで、乗《の》っている人《ひと》をゆれに合《あ》わせてタイミングよく押《お》すと、ゆれが大《おお》きくなりますね。これも、共振《きょうしん》のひとつです。

【ビルも共振《きょうしん》で大《おお》きくゆれる】

地震《じしん》の振動《しんどう》が、ビルの振動数《しんどうすう》と一致《いっち》すると、大《おお》きくゆれます。震源《しんげん》から遠《とお》い場所《ばしょ》にある高層《こうそう》ビルが大《おお》きくゆれることがあるのは、このためです。

揺《ゆ》れ

【共振《きょうしん》でグラスが割《わ》れる?】

グラスに向《む》かって、グラスの振動《しんどう》数《すう》と同《おな》じ高《たか》さの音《おと》を発《はっ》し続《つづ》けると、グラスはゆれはじめます。薄《うす》いグラスだと、割《わ》れることもあります。

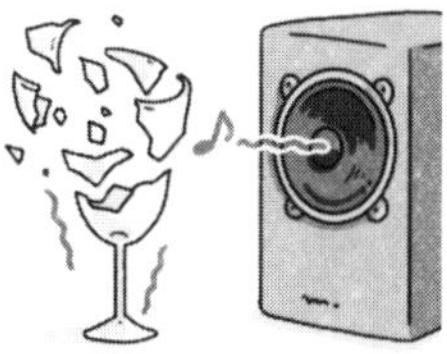

A.最近《さいきん》の建築物《けんちくぶつ》は、
共振《きょうしん》を起《お》こさないように
注意《ちゅうい》して設計《せっけい》されているよ

嵐《あらし》の
気象《きしょう》ドーム

闇《やみ》のホームズ学園《がくえん》3

事件編《じけんへん》

ふたつ目《め》のパーツを手《て》に入《い》れ、サイエンス・ラボをあとにした真実《しんじつ》と健太《けんた》は、さっそく次《つぎ》に向《む》かう場所《ばしょ》を探《さが》しはじめた。

「次《つぎ》は、三《みっ》つ目《め》のパーツだね」

「校章《こうしょう》の順番《じゅんばん》だと、三《みっ》つ目《め》のパーツが置《お》かれているのは、AIR《エアー》――『空気《くうき》』に関《かん》する場所《ばしょ》だ」

「いったいどこにあるんだろう？空気《くうき》なんてどこにでもあるし、探《さが》せって言《い》われても……」

そのとき、ふたりの頭上《ずじょう》から、

「**イヤッホ〜！**」

という陽気《ようき》な声《こえ》が響《ひび》いてきた。

見《み》ると、カウボーイハットに、ブーツをはいた、背《せ》の高《たか》い金髪《きんぱつ》の少年《しょうねん》が、ホウキにまたがって空《そら》を飛《と》んでいる。

「うわあっ、何《なに》あれ!?　見《み》て、人《ひと》が飛《と》んでる！」

驚《おどろ》いて、上空《じょうくう》を指《ゆび》さす健太《けんた》に、少年《しょうねん》は、はじけるような笑顔《えがお》を向《む》けながら言《い》った。

「ハロー！　オレの名前《なまえ》はハリー・ウェスタン！　四天王一《してんのういち》の空気《くうき》の使《つか》い手《て》！　〝天空《てんくう》のカウボーイ〟とはオレのことサ！　あのビッグなマウンテンの頂上《ちょうじょう》でユーたちを待《ま》ってるゼ！」

目《め》の前《まえ》にそびえ立《た》つ山《やま》を指《ゆび》さし、ハリーはそう告《つ》げると、その山《やま》に向《む》かって飛《と》んでいく。

「どうやら次《つぎ》のステージは、山《やま》の上《うえ》らしい……」

ハリーが飛《と》び去《さ》った山《やま》を見上《みあ》げ、真実《しんじつ》はつぶやいた。

真実《しんじつ》と健太《けんた》は登山道《とざんどう》を歩《ある》いて進《すす》み、山《やま》の頂上《ちょうじょう》を目指《めざ》した。

「すごい景色《けしき》……これ全部《ぜんぶ》がホームズ学園《がくえん》の敷地《しきち》なんて、信《しん》じらんないよ……」

山《やま》の中腹《ちゅうふく》から眼下《がんか》に広《ひろ》がる景色《けしき》をながめ、健太《けんた》はつぶやく。

カウボーイ
牧場《ぼくじょう》で、馬《うま》に乗《の》って牛《うし》の世話《せわ》をする人《ひと》。ちなみに、カウはメスの牛《うし》のこと。

「あっ、シマウマがいる！　あれが真実《しんじつ》くんの言《い》ってたサファリ・エリア？」

「ああ、そうだよ。あんなに小《ちい》さく見《み》えてるだけなのに、よく見《み》つけられたね」

「ぼく、目《め》だけはいいんだ。勉強《べんきょう》はイマイチだけど……」

健太《けんた》はそう言《い》って、「ハハハ」と笑《わら》い、急《きゅう》にだまりこんだ。

「ん？　急《きゅう》に静《しず》かになってどうしたんだい？」

「ぼく、真実《しんじつ》くんを見習《みなら》って、科学的《かがくてき》に物事《ものごと》を考《かんが》えようと思《おも》ったんだ」

「へえ」

「でも、いくら考《かんが》えても、わかんない。あのハリーって人《ひと》、どうやってホウキで空《そら》を飛《と》んでいたんだろう？　やっぱり、本物《ほんもの》の魔法使《まほうつか》いだったのかな？」

「まさか……」と、苦笑《くしょう》する真実《しんじつ》。

「あれは簡単《かんたん》なトリックさ。ヘリウムを詰《つ》めた大《おお》きな風船《ふうせん》を使《つか》ったんだ」

ヘリウム
空気《くうき》より軽《かる》い気体《きたい》なので、風船《ふうせん》に入《い》れると空《くう》気《き》の中《なか》で浮《う》かぶ。水素《すいそ》はヘリウムよりも軽《かる》いが、爆発《ばくはつ》する危険《きけん》があるため、風船《ふうせん》や飛行船《ひこうせん》には主《おも》にヘリウムが使《つか》われている。

「風船《ふうせん》!?」と、健太《けんた》は驚《おどろ》く。

「でも、風船《ふうせん》なんて、どこにも見《み》えなかったよ?」

「風船《ふうせん》にミラーシートをはって、まわりの風景《ふうけい》を鏡《かがみ》に映《うつ》し、風船《ふうせん》を目立《めだ》たなくしていたんだ。それを透明《とうめい》なケーブルでホウキとつなげて、飛《と》んでいるように見《み》せかけていたのさ」

「えっ、そうだったの!?」

ホウキに乗《の》ったハリーに気《き》を取《と》られて、健太《けんた》は気《き》づかなかったが、真実《しんじつ》には、ハリーの上《うえ》にぽっかり浮《う》いている鏡張《かがみば》りの風船《ふうせん》が見《み》えていたという。

「でも、あのハリーって人《ひと》、浮《う》いてただけじゃなく、山《やま》の頂上《ちょうじょう》に向《む》かって、まっすぐ飛《と》んでいったよね？」

「山《やま》に風《かぜ》が吹《ふ》くと、空気《くうき》は山《やま》に沿《そ》って上《うえ》に移動《いどう》し、上昇気流《じょうしょうきりゅう》が発生《はっせい》する。彼《かれ》は、それを利用《りよう》したんだ」

「そっか……空気《くうき》の使《つか》い手《て》って言《い》っていたのは、空気《くうき》を上手《じょうず》に利用《りよう》するってことだったんだね」

健太《けんた》は驚《おどろ》きながらも、納得《なっとく》したようだった。

山頂《さんちょう》にたどり着《つ》いたふたり。

そこには、大《おお》きな岩《いわ》がゴロゴロしていた。

どこからともなく湯気《ゆげ》が立《た》ちのぼり、卵《たまご》が腐《くさ》ったようなにおいが鼻《はな》をつく。

「この山《やま》は火山《かざん》なんだ。あそこに湯気《ゆげ》が出《で》ているのは温泉《おんせん》だよ」

卵《たまご》が腐《くさ》ったようなにおい
温泉特有《おんせんとくゆう》のこのにおいは、硫化水素《りゅうかすいそ》という、硫黄《いおう》と水素《すいそ》の化合物《かごうぶつ》のにおいだ。卵《たまご》が腐《くさ》ったときにも硫化水素《りゅうかすいそ》が生《しょう》じる。

「温泉《おんせん》!? わあ、ホントだ！ 温泉《おんせん》だぁ！」

真実《しんじつ》が指《ゆび》さすほうを見《み》て、健太《けんた》は驚《おどろ》きの声《こえ》をあげる。

そのとき、一方《いっぽう》から、弾《はず》んだ声《こえ》が聞《き》こえてきた。

「ウェルカム！ 空気《くうき》のステージにようこそ！」

見《み》ると、ハリーが立《た》っている。

「ホームズ学園《がくえん》始《はじ》まって以来《いらい》の天才児《てんさいじ》、謎野真実《なぞのしんじつ》と勝負《しょうぶ》できるなんてうれしいゼ！ ええっと……ところでユーは？」

ハリーは、真実《しんじつ》のかたわらにいる健太《けんた》を見《み》た。

「ホームズの助手《じょしゅ》のワトソンくんかい？」

「ハ、ハロー。ぼく、宮下健太《みやしたけんた》っていいます……」

あわてて自己紹介《じこしょうかい》する健太《けんた》。

「オー、健太《けんた》。ナイストゥー、ミーチュ〜！ よろしくな！」

ハリーは笑顔《えがお》で右手《みぎて》を差《さ》しだす。健太《けんた》はおずおずとハリーと握手《あくしゅ》をした。

山《やま》の上《うえ》には、おわんを逆《さか》さにしたような、ドーム形《がた》の大《おお》きな建物《たてもの》がある。ハリーはそこに、ふたりを案内《あんない》した。

「ここは、山《やま》の上《うえ》の気象実験室《きしょうじっけんしつ》サ。気象《きしょう》に関《かん》するさまざまな観測《かんそく》、研究《けんきゅう》、実験《じっけん》がここでおこなわれている。四天王一《してんのういち》の空気《くうき》の使《つか》い手《て》と呼《よ》ばれるこのオレのテリトリーだヨ」

「気象実験《きしょうじっけん》って、雨《あめ》を降《ふ》らせたりするの？」

健太《けんた》がたずねると、ハリーは笑顔《えがお》で答《こた》える。

「イエス、そのとおりだヨ！　雨《あめ》を降《ふ》らせるのはもちろん、台風《たいふう》のような暴風《ぼうふう》を起《お》こしたり、このドームを砂漠《さばく》のような高温《こうおん》に変《か》えたりすることも可能《かのう》なのサ！」

「えっ、そんなこともできるの!?」

「気象《きしょう》に関《かん》する実験《じっけん》をおこなうために、このドームの中《なか》は、あらゆる環境《かんきょう》を再現《さいげん》できるようになっているんだゼ」

「へえ、すごい！」

健太《けんた》が感心《かんしん》すると、ハリーは人差《ひとさ》し指《ゆび》を立《た》てて、左右《さゆう》に振《ふ》る。

「チッチッチッ、これしきのことで驚《おどろ》いてもらっちゃ困《こま》る。その『スゴイ』って言葉《ことば》は、オレが謎野真実《なぞのしんじつ》に勝《か》ってからにしてもらおーか！」

ハリーはそう言《い》うと、真実《しんじつ》に挑戦的《ちょうせんてき》なまなざしを向《む》けた。

「次《つぎ》はいよいよ本番《ほんばん》だ。この勝負《しょうぶ》にユーたちが勝《か》ったら、『AIR《エアー》』のパーツを渡《わた》す。でも、そう簡単《かんたん》にはいかないぜ！　ヘイ、ユー、カモーン！　オレについてこい！」

ハリーはそう言《い》うと、フロアの片隅《かたすみ》に設置《せっち》された、エレベーターくらいの大《おお》きさがある筒状《つつじょう》のガラス張《ば》りの空間《くうかん》へと入《はい》っていく。

すると、ハリーの体《からだ》は、突然《とつぜん》、ふわりと持《も》ち上《あ》がり、高《たか》く舞《ま》い上《あ》がった。

「え、飛《と》んだ!?」

健太《けんた》は驚《きょう》がくする。

「そんな……羽《はね》もないのに、どうやって!?」

（……もしかして、また風船《ふうせん》をつけているのかな？）

しかし、風船《ふうせん》らしいものは見当《みあ》たらない。

「あのガラス張《ば》りの空間《くうかん》の中《なか》は、下《した》から強《つよ》い風《かぜ》が吹《ふ》き上《あ》がっている。インドア・スカイダイビングと同《おな》じしくみさ」

真実《しんじつ》が説明《せつめい》すると、健太《けんた》は目《め》を輝《かがや》かせた。

「知《し》ってる！　ぼく、テレビで見《み》たことあるよ！　……よーし！」

健太《けんた》は言《い》うなり、ガラス張《ば》りの空間《くうかん》の中《なか》へ飛《と》び込《こ》んでいく。

「**うわあああああっ！**」

下《した》からの風《かぜ》にあおられた健太《けんた》は、木《こ》の葉《は》のようにクルクルと回転《かいてん》しはじめた。

「怖《こわ》い……助《たす》けてえええ！」

体《からだ》のコントロールがきかず、ジタバタともがく健太《けんた》。

「いきなりは、ムリだって言《い》おうとしたのに……」

真実《しんじつ》は肩《かた》をすくめながら、自《みず》らもガラス張《ば》りの空間《くうかん》の中《なか》へと入《はい》っていく。

健太《けんた》の手《て》を取《と》り、両手《りょうて》をつなぐと、真実《しんじつ》はその手《て》を広《ひろ》げ、スカイダイバーのような姿勢《しせい》を取《と》った。

「落《お》ち着《つ》いて……ただじっとして、風《かぜ》に身《み》を任《まか》せればいいんだ」

「え？　……あ、ほんとだ～！」

もがくのをやめた健太《けんた》は、ようやく体《からだ》が安定《あんてい》する。
「下《した》からの風《かぜ》を受《う》けやすくすれば、空気《くうき》に押《お》されて、体《からだ》は自然《しぜん》に浮《う》いていく」

真実《しんじつ》と健太《けんた》は手《て》をつなぎ合《あ》いながら、風《かぜ》に乗《の》って、かろやかに上昇《じょうしょう》していった。

「すごいや！　ぼくたち、飛《と》んでるんだね？　まるでピーターパンみたい！」

そのとき、ふたりの頭上《ずじょう》から、「グッジョブ！」というハリーの声《こえ》が聞《き》こえてきた。

「ユーたち、やるじゃないか！　でも、本番《ほんばん》の勝負《しょうぶ》の舞台《ぶたい》は、この上《うえ》だゼ！」

ハリーはそう言《い》うと、クルリと回転《かいてん》しながら、ガラスの筒《つつ》を抜《ぬ》けて、上《うえ》の階《かい》に着地《ちゃくち》する。

どうやらガラスの筒《つつ》は、空気《くうき》のエレベーターだったようだ。

「ヘイ、カモン！　ユーたちも、早《はや》く上《あ》がってこい！」

ハリーにうながされ、真実《しんじつ》と健太《けんた》は、ドームの２階《かい》へと上《あ》がっていった。

「２階《かい》は、風洞実験室《ふうどうじっけんしつ》になってるんだゼ！」

そう言《い》うと、ハリーは、部屋《へや》の中央《ちゅうおう》にある２本《ほん》の巨大《きょだい》な円柱《えんちゅう》のあいだに、柱《はしら》を背《せ》にして立《た》った。ニヤリとしながら、ふたりを手招《てまね》きするハリー。真実《しんじつ》と健太《けんた》が近《ちか》くにやってくると、ハリーは突然《とつぜん》、両手《りょうて》を前《まえ》に突《つ》きだして構《かま》え、「ハッ！」と叫《さけ》んだ。

風洞実験《ふうどうじっけん》
風《かぜ》の中《なか》に物体《ぶったい》を置《お》き、物体《ぶったい》のまわりの風《かぜ》の動《うご》きを測定《そくてい》する目的《もくてき》でおこなわれる実験《じっけん》。

その瞬間《しゅんかん》、強烈《きょうれつ》な空気《くうき》の波動《はどう》のようなものが、ふたりに襲《おそ》いかかる。

「うわあああああっっっ!!」

波動《はどう》を受《う》け、吹《ふ》き飛《と》ばされる真実《しんじつ》と健太《けんた》。

「ハハハ、驚《おどろ》いたか？　アニメの主人公《しゅじんこう》みたいでかっこいいだろ！」

大笑《おおわら》いするハリーに、健太《けんた》はぼう然《ぜん》とした。

「こ……これは何《なに》!? 手《て》から波動《はどう》が出《で》ているってこと？」

「落《お》ち着《つ》くんだ、健太《けんた》くん。まわりの状況《じょうきょう》をよく観察《かんさつ》すれば、何《なに》が起《お》きているかすぐに把握《はあく》できるはずだ」

真実《しんじつ》は、風《かぜ》に吹《ふ》き付《つ》けられながらも、あたりを注意深《ちゅういぶか》く見回《みまわ》しはじめた。

ハリーが背《せ》にして立《た》っているのは、2本《ほん》の円柱《えんちゅう》。

ふたつの柱《はしら》のうしろの壁《かべ》には、巨大《きょだい》なファンが回《まわ》っている。

そこから、暴風《ぼうふう》のような強《つよ》い風《かぜ》が吹《ふ》きだしていた。

「彼《かれ》は、手《て》から波動《はどう》を出《だ》したのではない。壁《かべ》のファンから出《で》ている風《かぜ》を波動《はどう》のように見《み》せかけただけだ。ファンは、タイマーで動《うご》くようにセットされていたのだろう」

真実《しんじつ》の言葉《ことば》に、健太《けんた》はけげんそうな顔《かお》をしてたずねる。

「でも、そしたら、ハリーさんも、ぼくたちのように吹《ふ》き飛《と》ばされちゃうはずだよね？」

ハリーが立《た》っている場所《ばしょ》は、2本《ほん》の柱《はしら》のちょうど真《ま》ん中《なか》――ファンから吹《ふ》いてくる風《かぜ》がいちばんまともに当《あ》たるところである。しかしハリーは、平然《へいぜん》と立《た》っている。まるでそこだけ別空間《べつくうかん》のようだ。

（どうしてハリーさんのまわりだけ、暴風《ぼうふう》が吹《ふ》いていないんだろう？）

健太《けんた》は不思議《ふしぎ》だった。

「あの2本《ほん》の柱《はしら》が、風《かぜ》を左右《さゆう》に曲《ま》げてるんだ」

「ええっ!?」

「ゆるやかに曲《ま》がった壁《かべ》と接《せっ》すると、空気《くうき》も水《みず》も、曲《ま》がった壁《かべ》に吸《す》い付《つ》くように流《なが》れの向《む》きを変《か》える。『コアンダ効果《こうか》』っていうのさ」

「それじゃ……」

「空気《くうき》の流《なが》れは、円柱《えんちゅう》に吸《す》い付《つ》けられるように曲《ま》がり、柱《はしら》の曲《ま》がった壁《かべ》に沿《そ》うように進《すす》む。つまり、ふたつの円柱《えんちゅう》のあいだに立《た》っている彼《かれ》には、風《かぜ》はほとんど当《あ》たらないんだ」

コアンダ効果《こうか》

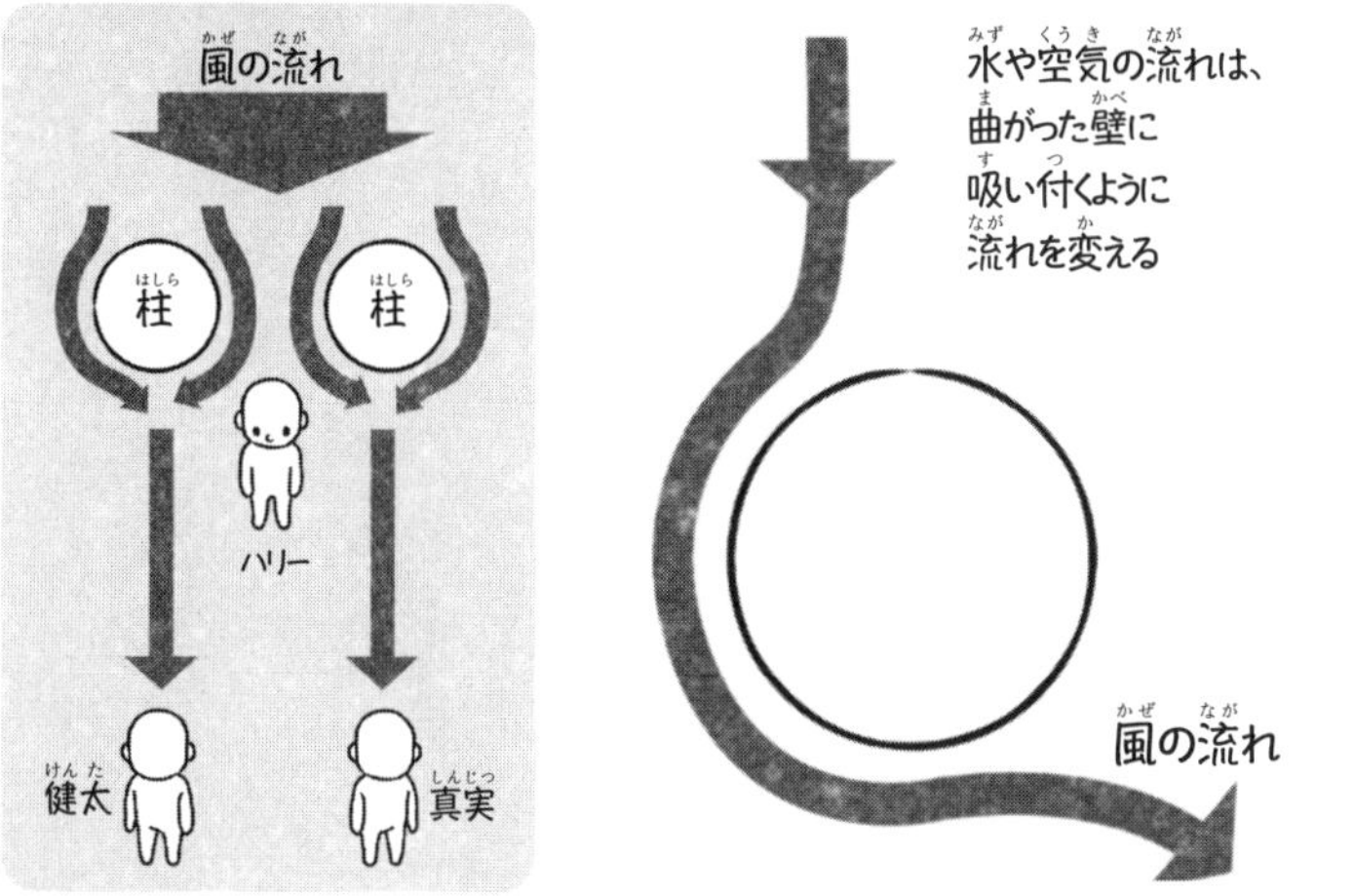

真実《しんじつ》が答《こた》えると、「そのとおり！」と、ハリーは言《い》った。

そして、「ルック！」と叫《さけ》びながら、横《よこ》の壁《かべ》のほうを指《ゆび》さす。

ハリーが指《ゆび》さした先《さき》には、２本《ほん》の細《ほそ》いポールが立《た》っていて、そこには、変《か》わった形《かたち》の板《いた》が取《と》り付《つ》けられていた。

「キミたちのミッションは、あの装置《そうち》を動《うご》かして、ジグソーパズルの最《さい》後《ご》のピースを天井《てんじょう》にはめ込《こ》むことだゼ！」

「……ジグソーパズルの最後《さいご》のピース？」

どういうことだろう、と、ポールに目《め》をやる健太《けんた》。２本《ほん》のポールは、ドームの天井《てんじょう》まで続《つづ》いている。天井《てんじょう》には、一面《いちめん》に雲《くも》をあしらった青空《あおぞら》の絵《え》が描《えが》かれていたが、ポールの周囲《しゅうい》だけ、ぽっかりと穴《あな》が開《あ》いていた。

その穴《あな》は、ポールに取《と》り付《つ》けられた板《いた》と同《おな》じ形《かたち》だった。

「あの穴《あな》に、あの板《いた》をはめ込《こ》めってこと？」

天井《てんじょう》の穴《あな》をさしながら、健太《けんた》は真実《しんじつ》のほうを見《み》る。

「……そういうことらしい」

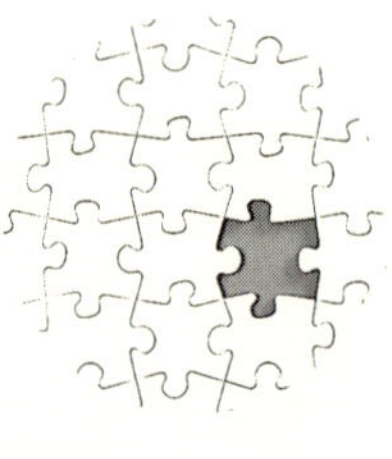

ジグソーパズル
ジグソーとは、曲線《きょくせん》に切《き》れる糸《いと》のこ（糸《いと》のように細《ほそ》い刃先《はさき》を持《も》つのこぎり）のこと。初期《しょき》のジグソーパズルは木製《もくせい》で、糸《いと》のこで刻《きざ》んでピースをつくっていたため、この名《な》が付《つ》いた。

健太《けんた》の言葉《ことば》に、真実《しんじつ》はうなずいた。

「健太《けんた》くん、まずは『観察《かんさつ》』だ」

「あっ、そうだね。よしっ」


真実《しんじつ》と健太《けんた》は、ポールに近《ちか》づいて、装置《そうち》を観察《かんさつ》しはじめた。

「この板《いた》は、上《うえ》の部分《ぶぶん》が弓《ゆみ》みたいに盛《も》りあがって、下《した》が平《たい》らだね」

真実《しんじつ》は、板《いた》を手《て》で持《も》ちあげてみる。

「板《いた》は、すごく軽《かる》い素材《そざい》でできている。……なるほど。ポールを軸《じく》にして、上下《じょうげ》に動《うご》かせるってことか」

「あ、じゃあ、この板《いた》をずっと上《うえ》まで持《も》ちあげれば、あの天井《てんじょう》の穴《あな》にはめ込《こ》むことができるね」

健太《けんた》は一瞬《いっしゅん》、喜《よろこ》んだが、すぐにしょんぼりとなった。

「でも、天井《てんじょう》はあんなに高《たか》いところにあるし、手《て》で持《も》ちあげるのはムリだよね。ほかに長《なが》い棒《ぼう》とか、そういう道具《どうぐ》があれば別《べつ》だけど……」

健《けん》太《た》はあたりを見回《みまわ》すが、使《つか》えそうな道具《どうぐ》はない。

そのとき、弓《ゆみ》なりになった板《いた》の断面《だんめん》に注目《ちゅうもく》した健《けん》太《た》は、あることに気《き》づいた。

「この板《いた》って、飛行機《ひこうき》の翼《つばさ》の断面《だんめん》の形《かたち》に似《に》てるよね？」

健《けん》太《た》のなにげないひとことに、真実《しんじつ》はハッとする。

「なるほど。飛行機《ひこうき》の翼《つばさ》か……つまり、風《かぜ》を当《あ》てれば浮《う》かせることができるってわけか」

「えっ、風《かぜ》を当《あ》てれば浮《う》くって、どうして？」

「この板《いた》みたいに、飛行機《ひこうき》の翼《つばさ》のような形《かたち》をしたものに風《かぜ》を当《あ》てると、浮《う》かび上《あ》がる力《ちから》が発生《はっせい》するんだ。この力《ちから》を『揚《よう》力《りょく》』という。飛行機《ひこうき》が飛《と》べるのは、この揚力《ようりょく》のおかげだよ」

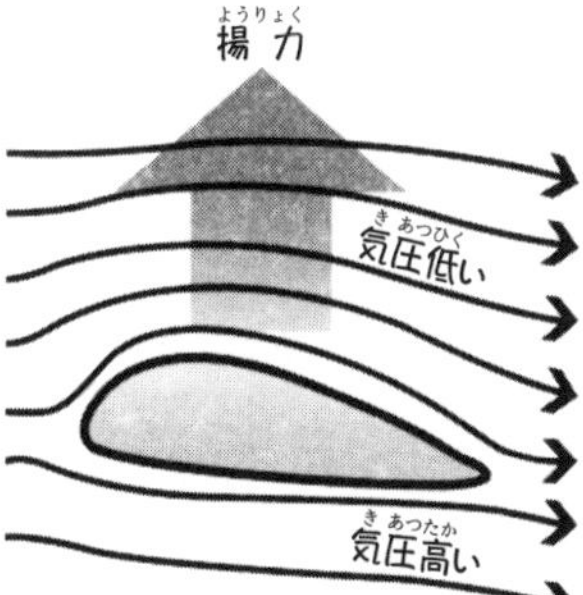

揚力《ようりょく》を生《う》むしくみ

飛行機《ひこうき》の翼《つばさ》のような形《かたち》は、風《かぜ》が当《あ》たると、上側《うえがわ》よりも下側《したがわ》の気圧《きあつ》が高《たか》くなる。それにより、下側《したがわ》の空気《くうき》に押《お》されると同時《どうじ》に、上側《うえがわ》の空気《くうき》に吸《す》い付《つ》けられ、浮《う》き上《あ》がる力《ちから》「揚力《ようりょく》」が生《う》まれる。

「じゃあ……さっき、ぼくたちを吹《ふ》き飛《と》ばした、あの風《かぜ》を利用《りよう》すれば……」

健太《けんた》がつぶやくと、真実《しんじつ》は眼鏡《めがね》の奥《おく》の目《め》をキラリと輝《かがや》かせた。

「健太《けんた》くん、そのとおりだよ！　キミは今《いま》、この板《いた》の形《かたち》を『観察《かんさつ》』し、断面《だんめん》の形《かたち》が飛行機《ひこうき》の翼《つばさ》と同《おな》じだと気《き》づいた。そして、この板《いた》が飛行機《ひこうき》の翼《つばさ》と同様《どうよう》のはたらきをするという『仮《か》説《せつ》』にもとづいて、このドームに吹《ふ》いている風《かぜ》を当《あ》てれば、浮《う》き上《あ》がる、と『予測《よそく》』した」

「ええっ⁉　ぼく、そんなすごいことしてたの⁉」と、驚《おどろ》く健太《けんた》。

「でも、どうやったら、あの風《かぜ》を利用《りよう》できるんだろう？」

ドームには、たしかに暴風《ぼうふう》のような強《つよ》い風《かぜ》が吹《ふ》いているが、その風《かぜ》は、反対側《はんたいがわ》の壁《かべ》に向《む》かっている。一方《いっぽう》、ポールを軸《じく》にした板《いた》は、側面《そくめん》の壁《かべ》ぎわにあり、風《かぜ》はまったく当《あ》たっていなかった。

「この板《いた》に風《かぜ》を当《あ》てるには、風《かぜ》の向《む》きを変《か》えなきゃいけないんだよね？　うーん……どうすればいいんだろう？　ぼくには、さっぱりだ」

健太《けんた》は、弱音《よわね》を吐《は》く。

「いや、ある方法《ほうほう》を使《つか》えば、風《かぜ》の流《なが》れを変《か》えることが可能《かのう》になる。さっき、ぼくがヒントの言葉《ことば》を言《い》ったんだけど……わかるかい？」

真実《しんじつ》は、クイッと眼鏡《めがね》を持《も》ち上《あ》げながら、健太《けんた》の顔《かお》を見《み》た。

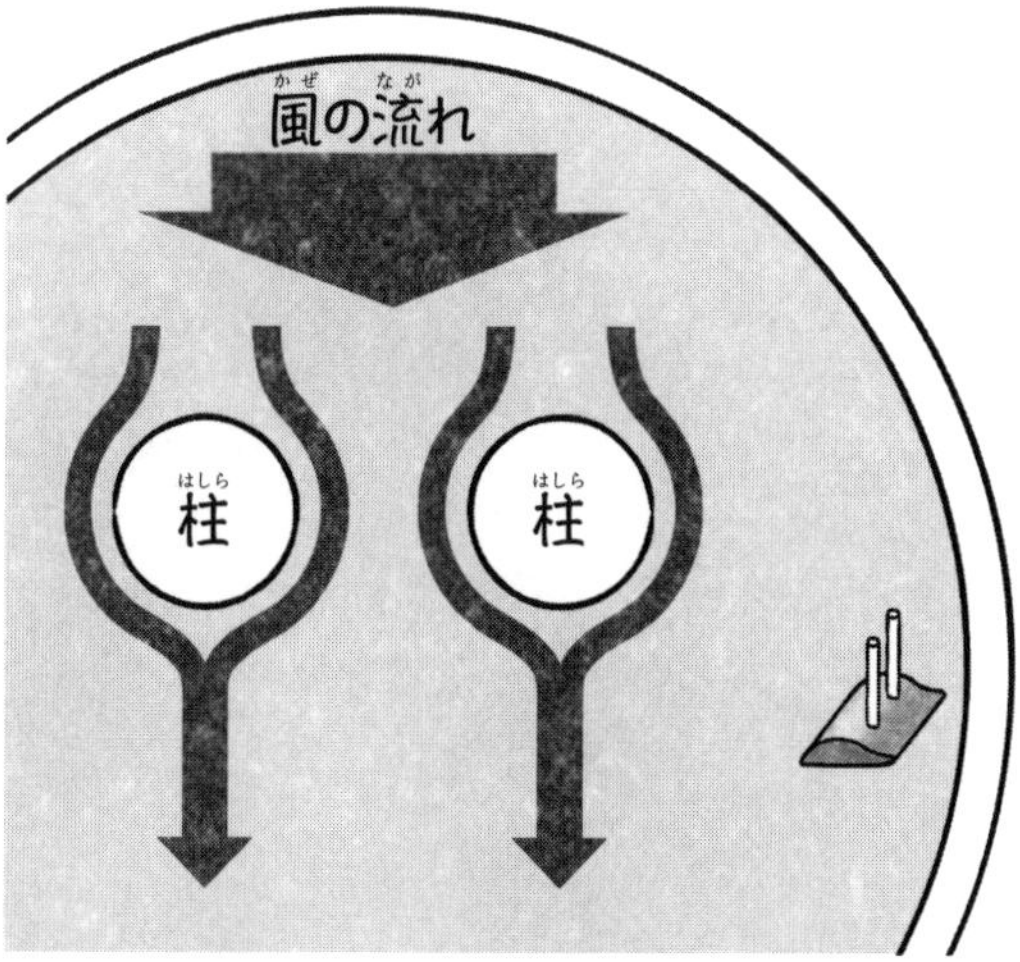

このドームにある
ものを利用《りよう》して
風《かぜ》の流《なが》れを
変《か》えるんだ

解《かい》決《けつ》編《へん》

「え？　真実《しんじつ》くんが言《い》ってた言葉《ことば》？　う〜ん……なんだろう？」

しばらく考《かんが》えて、健太《けんた》はハッとした。

「もしかして、あのコア……なんとか効果《こうか》ってやつ!?　ゆるやかに曲《ま》がった壁《かべ》に接《せっ》すると、空気《くうき》の流《なが》れは曲《ま》げられるっていう……？」

「ああ、コアンダ効果《こうか》だ。この場合《ばあい》、曲《ま》げるのは、この部屋《へや》を横切《よこぎ》っているあの強《つよ》い風《かぜ》だ。……どうやったら曲《ま》げられると思《おも》う？」

真実《しんじつ》は問《と》い返《かえ》した。

「ええと……ハリーさんが吹《ふ》き飛《と》ばされなかったのは、あの2本《ほん》の円柱《えんちゅう》が風《かぜ》を左右《さゆう》に曲《ま》げていたからで……あっ、わかった！　あの円柱《えんちゅう》の位置《いち》を変《か》えることができれば、風《かぜ》を思《おも》った方《ほう》向《こう》に曲《ま》げられるんじゃない!?」

「すばらしいね、健太《けんた》くん。大正解《だいせいかい》だよ」

「ほんとに!?　……でも、どう動《うご》かせばいいんだろう」

「それは、『実験《じっけん》』によって、確《たし》かめればいいさ」

真実《しんじつ》と健太《けんた》は、強烈《きょうれつ》な風《かぜ》をかいくぐって、2本《ほん》の巨大《きょだい》な円柱《えんちゅう》が立《た》つ場所《ばしょ》へとやってきた。

風《かぜ》はドームの奥《おく》から、2本《ほん》の円柱《えんちゅう》を通《とお》り抜《ぬ》けるようにして、手前《てまえ》の壁《かべ》に向《む》かって吹《ふ》いている。ポールを軸《じく》にした板《いた》は、風《かぜ》がまったく当《あ》たらない右側《みぎがわ》の壁《かべ》にある。

「今吹《いまふ》いている風《かぜ》が大《おお》きく右側《みぎがわ》に曲《ま》がるように、2本《ほん》の円柱《えんちゅう》を配置《はいち》してみよう」

ふたりは風圧《ふうあつ》に耐《た》えながら、円柱《えんちゅう》のひとつに手《て》をかけた。

「せーの、でいくよ！」

「うん！」

ふたりは「せーの！」と声《こえ》をかけ合《あ》いながら、力《ちから》を合《あ》わせて、巨大《きょだい》な円柱《えんちゅう》を動《うご》かそうとした。しかし、円柱《えんちゅう》はピクリともしない。それでも健太《けんた》は自《みずか》らを奮《ふる》い立《た》たせ、顔《かお》を真《ま》っ赤《か》にしながら、つぶやいた。

「……絶対《ぜったい》に、あきらめない。あきらめるわけにはいかない……美希《みき》ちゃんの命《いのち》がかかってるんだから……！」

こん身《しん》の力《ちから》を振《ふ》りしぼり、歯《は》をくいしばりながら、真実《しんじつ》と健太《けんた》は円柱《えんちゅう》を押《お》し続《つづ》ける。

すると、突然《とつぜん》、円柱《えんちゅう》が軽《かる》くなり、ズズズ……と動《うご》きだした。

「えっ、急《きゅう》に軽《かる》くなった！　いったいどうして⁉」

驚《おどろ》く健太《けんた》の前《まえ》に、リモコンを手《て》にしたハリーが立《た》っている。

「この円柱《えんちゅう》は、床《ゆか》にロックをかけて、動《うご》かないように固定《こてい》してあったんだ。今《いま》、そのロックを解除《かいじょ》したところサ」

「ありがとう。ハリーさん」

「キミのフェアプレー精神《せいしん》は、称賛《しょうさん》に値《あたい》するよ」

真実《しんじつ》にほめられ、ハリーは思《おも》わず顔《かお》をほころばせた。

「ハハハ、こうなったら、乗《の》りかかった船《ふね》だ！　オレも手《て》を貸《か》すゼ！」

そう言《い》って、ハリーは、自《みず》ら円柱《えんちゅう》に手《て》をかける。

「せーの‼」

「レッツゴー‼」

3人《にん》は力《ちから》を合《あ》わせて、円柱《えんちゅう》を押《お》す。

ズズズズズ……

円柱《えんちゅう》は、すぐに音《おと》を立《た》てて動《うご》きはじめた。

空気《くうき》の流《なが》れは円柱《えんちゅう》に沿《そ》って曲《ま》がり、少《すこ》し右向《みぎむ》きに流《なが》れを変《か》える。

しかし、風《かぜ》はまだ装置《そうち》に当《あ》たらない。

「よし、あと少《すこ》しだ。もう1本《ぽん》の円柱《えんちゅう》も動《うご》かすよ」

真実《しんじつ》たち3人《にん》は、力《ちから》を合《あ》わせて、2本目《ほんめ》の円柱《えんちゅう》を押《お》していく。

すると、どうだろう？

巨大《きょだい》なファンからの風《かぜ》の流《なが》れが2本《ほん》の円柱《えんちゅう》によって曲《ま》げられ、ドーム右側《みぎがわ》の壁《かべ》に向《む》かって吹《ふ》きはじめたのだった。

そして、その風《かぜ》を受《う》け、翼《つばさ》のような形《かたち》の板《いた》が少《すこ》し

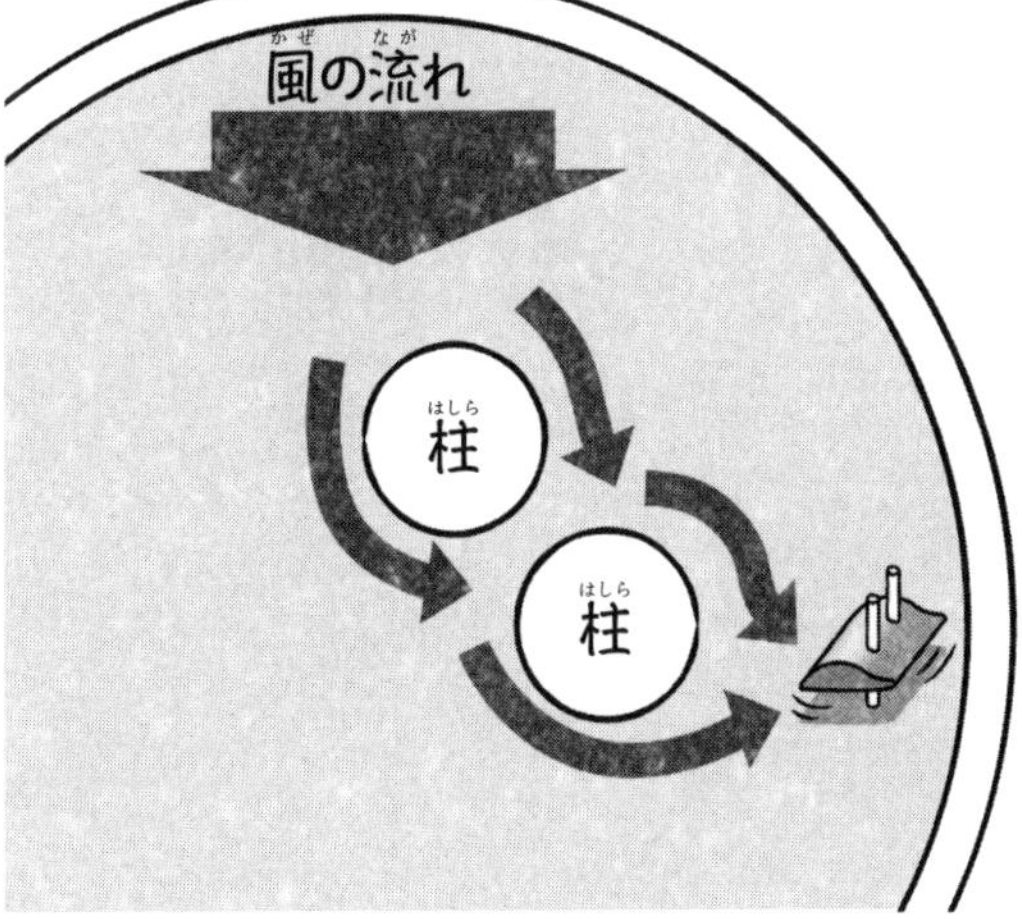

ずつ浮《う》き上《あ》がりはじめる。

板《いた》は横《よこ》からの風《かぜ》を受《う》けて、上《うえ》へ上《うえ》へと上《じょう》昇《しょう》していった。

「やった、実験成功《じっけんせいこう》だ!!」と、声《こえ》をあげる健太《けんた》。

やがて、板《いた》は天井《てんじょう》に達《たっ》し、ジグソーパズルの最後《さいご》のピースのように、その穴《あな》にぴったりとはまる。

すると、驚《おどろ》くべきことが起《お》こった。ドームの照明《しょうめい》がすべて消《き》え、次《つぎ》の瞬間《しゅんかん》、ドームの天井《てんじょう》いっぱいに星空《ほしぞら》が映《うつ》しだされたのである。

「うわあ！　すごい！」

と、歓声《かんせい》をあげる健太《けんた》。

真実《しんじつ》も思《おも》わず天井《てんじょう》を見上《みあ》げ、ドーム一面《いちめん》の星空《ほしぞら》に見《み》ほれる。

「きれいだろ？」

ハリーが、ふたりに言《い》った。

「あの板《いた》は、このドームをプラネタリウムに変《か》えるスイッチだったのサ。実《じつ》は、このドームを設計《せっけい》したのは、テキサスで建築家《けんちくか》をしているオレのダディなんだ」

サプライズ好《ず》きのハリーの父親《ちちおや》は、ドームを設計《せっけい》する際《さい》、このトリッキーなアイデアを盛《も》り込《こ》んで、「ナゾを解《と》いてみろ」と、ハリーに言《い》ったという。

しかし、ハリーはナゾを解《と》くのに、1週間近《しゅうかんちか》くかかってしまった。

「それを、こんな短時間《たんじかん》で解《と》き明《あ》かしてしまうなんて……謎野真実《なぞのしんじつ》、ユーはやっぱり天才《てんさい》だ！　まったく、スゴイやつだゼ！」

ハリーは素直《すなお》に認《みと》め、真実《しんじつ》と握手《あくしゅ》を交《か》わしあった。

「そして、ユー!!」

健太《けんた》に向《む》き直《なお》るハリー。

「ユーのガッツは、見上《みあ》げたものだ！　まさにサムライボーイだ！」

ハリーは親《した》しみを込《こ》め、健太《けんた》をハグした。

「ユーたちは、ほんとにいいコンビだ。約束《やくそく》どおり、これを渡《わた》す。空気《くうき》のステージをクリアした証《あかし》だヨ」

そう言《い》ってハリーが差《さ》しだしたのは、「ＡＩＲ《エアー》」と刻《きざ》まれた石盤《せきばん》だった。

ドームの外《そと》に出《で》ると、そこには、鏡張《かがみば》りの風船《ふうせん》がつながれていた。しかし、風船《ふうせん》の下《した》についているのはホウキではなく、しっかりとしたカゴであ

テキサス
アメリカの州《しゅう》のひとつ。農業《のうぎょう》や牧畜《ぼくちく》がさかんで、かつてはカウボーイがたくさんいた。

ダディ
子《こ》どもがお父《とう》さんのことをいうときの言葉《ことば》。パパと同《おな》じ。英語圏《えいごけん》ではダディが、それ以外《いがい》のヨーロッパの国々《くにぐに》では、パパが使《つか》われることが多《おお》い。

る。

「ユーたちは、このバルーンで山《やま》を下《お》りればいい。山《やま》の西側《にしがわ》には、ふもとに向《む》かって吹《ふ》き下《お》ろす風《かぜ》が吹《ふ》いているから、それを利用《りよう》すれば簡単《かんたん》に下《お》りられる」

「えっ、いいの？」

「ドント、ウォーリー!!　遠慮《えんりょ》するな」

「ありがとう」

真実《しんじつ》と健太《けんた》はハリーに何度《なんど》も礼《れい》を言《い》うと、風船《ふうせん》の下《した》のカゴに乗《の》り込《こ》んだ。

「じゃあ、がんばれよ！　次《つぎ》のステージも無事《ぶじ》にクリアできることを祈《いの》ってるゼ〜！」

ハリーはそう言《い》うと、風船《ふうせん》をつないでいたロープをはずす。

風船《ふうせん》で飛《と》び立《た》っていく真実《しんじつ》と健太《けんた》を、手《て》を振《ふ》って見送《みおく》るハリー。

真実《しんじつ》と健太《けんた》も、ハリーの姿《すがた》が見《み》えなくなるまで、手《て》を振《ふ》り返《かえ》した。

ふたりが次《つぎ》に向《む》かう先《さき》——それは、最後《さいご》の四天王《してんのう》が待《ま》ち構《かま》える水《みず》のステージだった。

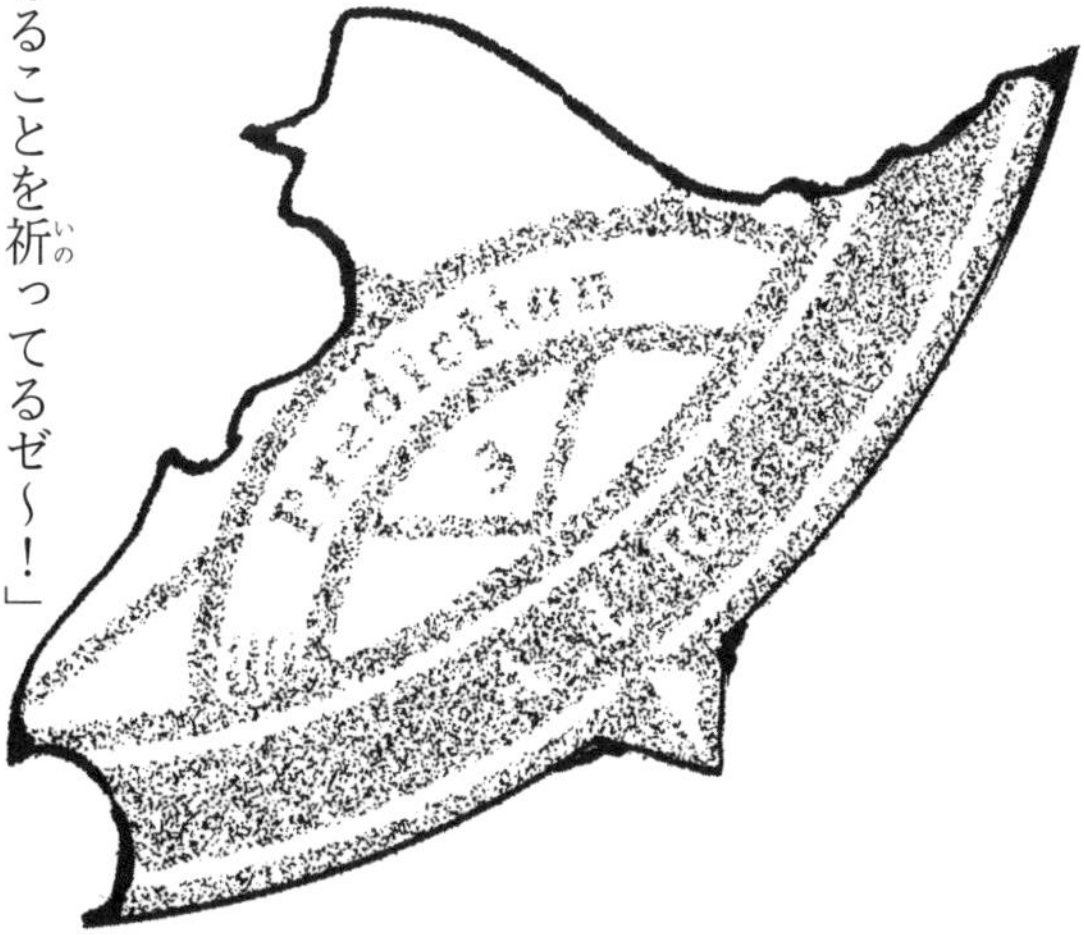

そのころ……。

「まったく、四天王《してんのう》ともあろう者《もの》たちが、ぶざまなものだね……」

モニターを見《み》ながら、凛《りん》はつぶやいた。四天王《してんのう》3人《にん》がことごとく真実《しんじつ》に敗《やぶ》れてしまったことを、苦々《にがにが》しく思《おも》っていたのである。

うしろには、そんな凛《りん》の姿《すがた》を、背後《はいご》からじっと見《み》つめる人影《ひとかげ》があった。

「次《つぎ》はアレクくん、キミの番《ばん》だね」

凛《りん》は振《ふ》り返《かえ》って、背後《はいご》の人影《ひとかげ》に声《こえ》をかけた。

「キミは、簡単《かんたん》にはやられないよね？」

「……」

「四天王一《してんのういち》の頭脳《ずのう》を持《も》ち、最強《さいきょう》と言《い》われるキミのことを、おおいに頼《たよ》りにしているよ」

「……ああ」

人影《ひとかげ》はそれだけ言《い》うと、その場《ば》を離《はな》れていった。


凛《りん》は、となりに置《お》いてある水槽《すいそう》に目《め》をやる。

さらに水《みず》かさを増《ま》した水槽《すいそう》——そこには閉《と》じ込《こ》められた美希《みき》の姿《すがた》があった。

「だいぶ溜《た》まってきたね」

水槽《すいそう》の水《みず》は、美希《みき》の肩《かた》ぐらいまで達《たっ》している。

恐怖《きょうふ》に顔《かお》を引《ひ》きつらせながらも、美希《みき》は怒《いか》りを込《こ》めた目《め》で凛《りん》を見《み》つめている。

「フフッ。真実《しんじつ》くんたちが、助《たす》けにきてくれると信《しん》じているんだね。彼《かれ》らが駆《か》けつけるのが先《さき》か……キミが溺《おぼ》れるのが早《はや》いか……フフッ、見《み》ものだな」

凛《りん》はそう言《い》って、ニヤリとほほえんだ。

3

SCIENCE TRICK DATA FILE

科学《かがく》トリック データファイル

Q.流《なが》れが強《つよ》ければ、曲《ま》がらないのかな?

コアンダ効果《こうか》を実感《じっかん》しよう

スプーンを1本用意《ぽんようい》して、スプーンの裏《うら》側《がわ》を、蛇口《じゃぐち》から落《お》ちる水《みず》の流《なが》れに近《ちか》づけてみましょう。スプーンがすうっと水《みず》の流《なが》れに吸《す》いつき、水《みず》の流《なが》れは、スプーンの曲《きょく》線《せん》に沿《そ》って曲《ま》がります。これが、コアンダ効果《こうか》のはたらきです。

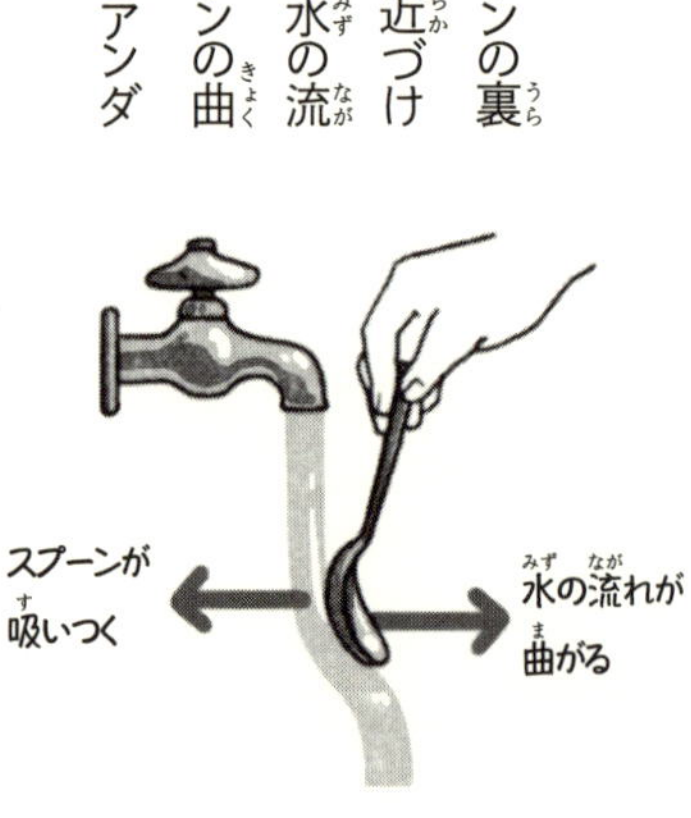
スプーンが吸《す》いつく
水《みず》の流《なが》れが曲《ま》がる

【実験《じっけん》してみよう】

胴体《どうたい》が丸《まる》いペットボトルとろうそくがあれば、127ページのトリックを実際《じっさい》に体《たい》験《けん》してみることができます。火《ひ》のついたろうそくの手前《てまえ》に、2本《ほん》のペットボトルを置《お》き、ペットボトルのあいだから、ろうそくに向《む》かって息《いき》を吹《ふ》きかけてみましょう。息《いき》がペットボトルの壁《かべ》を伝《つた》って曲《ま》がるので、ろうそくの火《ひ》は消《き》えにくくなります。

空気《くうき》の流《なが》れ

※ここで紹介《しょうかい》した実験《じっけん》は、必《かなら》ずおうちの人《ひと》と一緒《いっしょ》にやりましょう。

A.流《なが》れが強《つよ》ければ強《つよ》いほど、よく曲《ま》がるんだよ

ゼロの液《えき》体《たい》

闇《やみ》のホームズ学園《がくえん》4

事件編《じけんへん》

見渡《みわた》す限《かぎ》りの草原《そうげん》にある広々《ひろびろ》とした池《いけ》で、大《おお》きなカバが水浴《みずあ》びしていた。そのうしろを、親子《おやこ》のゾウがゆらゆらと散歩《さんぽ》している。

真実《しんじつ》と健太《けんた》は、岩陰《いわかげ》に隠《かく》れながら、サファリ・エリアを観察《かんさつ》していた。

「WATER《ウォーター》」のパーツを持《も》つ水《みず》の四天王《してんのう》を探《さが》して、ここにやってきたのだ。

「こんなに近《ちか》くで見《み》たの、はじめてだよ」

健太《けんた》は、間近《まぢか》で見《み》たカバの大《おお》きさに、思《おも》わず声《こえ》をあげた。

「動物園《どうぶつえん》みたいな、こんなエリアまで備《そな》えているホームズ学園《がくえん》ってすごいね」

「ここの教育《きょういく》モットーは、生徒《せいと》たちに、動植物《どうしょくぶつ》から自然環境《しぜんかんきょう》まで、あらゆる分野《ぶんや》の本物《ほんもの》を実際《じっさい》に体験《たいけん》させて、一流《いちりゅう》の探偵《たんてい》へと育成《いくせい》しようというものだからね」

草原《そうげん》を見渡《みわた》す真実《しんじつ》の前髪《まえがみ》が風《かぜ》にゆれた。

そのとき、カバがグワアッと、大《おお》きく口《くち》を開《あ》けた。

「うわっ、カバがあくびした。大《おお》きなキバだなあ」

健太《けんた》は興奮《こうふん》し、夢中《むちゅう》でカバに近《ちか》づこうとした。

「危険《きけん》だよ！　健太《けんた》くん。あれは、あくびじゃない。威嚇《いかく》しているんだよ」

「でも、カバなら、すぐ逃《に》げればだいじょうぶでしょ」

「カバは、１００メートルを８秒台《びょうだい》で走《はし》れるんだ。キミは、追《お》いつかれない自信《じしん》があるのかい？」

「え、そんなに速《はや》いの……」

健太《けんた》がすごすごと離《はな》れようとした、そのときだった。

ブチブチブリーン

聞《き》いたことのない、にごった破裂音《はれつおん》がした。

大《おお》きな音《おと》に、背筋《せすじ》がビクーンとなる健太《けんた》。

「な、なんだッ⁉」

健太《けんた》が、あわてて見回《みまわ》すと、あたりにはムワーンとした異臭《いしゅう》が立《た》ちこめている。

「うッ、うわー‼」

カバは、尻尾《しっぽ》をフリフリしながら、フンをあたりにまき散《ち》らしていたのだ。

「フンをまき散《ち》らすのは、カバのオスが縄張《なわば》りを主張《しゅちょう》する行為《こうい》だよ」

「ぼくが縄張《なわば》りに入《はい》っちゃったのか」

「そのようだね。いずれにしても、ここには四天王《してんのう》はいないようだ。別《べつ》の場所《ばしょ》を探《さが》そう」

真実《しんじつ》はその場《ば》から立《た》ち去《さ》った。

「あ、うん！」

健太《けんた》も、カバのフンが足裏《あしうら》についていないか確《たし》かめながら、真実《しんじつ》のあとを、あわててついていった。


サファリ・エリアのゲートを出《で》ると、草原《そうげん》の中《なか》を通《とお》る舗装《ほそう》された道《みち》が続《つづ》いていた。

「ホームズ学園《がくえん》って、あまりにも広《ひろ》すぎるよ……」

朝《あさ》からずっと歩《ある》き続《つづ》けて、健太《けんた》の足《あし》の裏《うら》にはマメがたくさんできていた。

「健太《けんた》くん、水《みず》のある場所《ばしょ》にきっと、四天王《してんのう》はいる。あきらめずに探《さが》そう」

「でもサファリ・エリアの池《いけ》にもいなかったし、ほかにも、心当《こころあ》たりの水辺《みずべ》はぜんぶ見《み》て回《まわ》ったよね」

そのとき、真実《しんじつ》がふと立《た》ち止《ど》まった。

「水《みず》の音《おと》が聞《き》こえる」

「えっ」

健太《けんた》が耳《みみ》をすますと、たしかに、チョロチョロと水《みず》が流《なが》れるような音《おと》が聞《き》こえてくる。

しかし、まわりに、水《みず》の流《なが》れは見当《みあ》たらない。そこには、舗装《ほそう》された道《みち》があるだけだった。

「この音《おと》は、どこから聞《き》こえるのかな？」

首《くび》をかしげる健太《けんた》に、真実《しんじつ》は言《い》った。

「道《みち》の下《した》に、サファリ・エリアに供給《きょうきゅう》するための水路《すいろ》が通《とお》っているみたいだね。この水路《すいろ》を、上流《じょうりゅう》を目指《めざ》してたどってみることにしよう。水源《すいげん》にたどりつけるはずだ」

健太《けんた》と真実《しんじつ》は、水《みず》の音《おと》をたよりに、水路《すいろ》をサファリ・エリアとは逆《ぎゃく》の方向《ほうこう》へとたどっていく。

水路《すいろ》はやがて、道路《どうろ》の下《した》から地上《ちじょう》へ出《で》て、小《ちい》さな川《かわ》の流《なが》れになる。
「この川《かわ》を、さかのぼってみよう！」
あたりはどんどん自然《しぜん》の景色《けしき》になり、流《なが》れは大《おお》きな川《かわ》へとつながっていた。
息《いき》をきらしながら山道《やまみち》を走《はし》って川《かわ》をさかのぼる、健太《けんた》と真実《しんじつ》。
健太《けんた》は、歩《ある》くたびに痛《いた》む足裏《あしうら》のマメも気《き》にせず、必死《ひっし》に走《はし》った。
山《やま》はますます深《ふか》くなっていく。

突然《とつぜん》、ゴーッと大《おお》きな音《おと》がする。
健太《けんた》が、興奮《こうふん》して前方《ぜんぽう》を指《ゆび》さす。
そこには、大《おお》きな滝《たき》が、流《なが》れ落《お》ちる水《みず》を岩肌《いわはだ》に打《う》ちつけていた。

「あんなところに、滝《たき》が！」

「ぼくも、この滝《たき》の存在《そんざい》ははじめて知《し》ったよ。こんな場所《ばしょ》が学園内《がくえんない》にあったなんて」
「でも、水《みず》の四天王《してんのう》は見当《みあ》たらないね」

健太《けんた》は、不安《ふあん》そうにつぶやいた。
真実《しんじつ》は、人差《ひとさ》し指《ゆび》をなめて、天《てん》に向《む》かって立《た》てた。
「風《かぜ》が吸《す》い込《こ》まれている……あの滝《たき》の奥《おく》に」
健太《けんた》が目《め》をこらすと、真《ま》っ白《しろ》な滝《たき》のしぶきのすきまから、真《ま》っ黒《くろ》な部分《ぶぶん》が見《み》える。

「もしかして洞窟《どうくつ》!?」

「ああ、可能性《かのうせい》は高《たか》いね。行《い》ってみよう」

滝《たき》のまわりは切《き》り立《た》った崖《がけ》になっている。滝壺《たきつぼ》を通《とお》るほかに、滝《たき》の裏《うら》に近《ちか》づく方法《ほうほう》はなさそうだ。

「わかった、行《い》こう！」

健太《けんた》は、水《みず》に入《はい》るために服《ふく》を脱《ぬ》ごうとするが、真実《しんじつ》が、あわてて制止《せいし》する。

「泳《およ》いでは無理《むり》だ。あの滝壺《たきつぼ》はかなり深《ふか》い。ホワイトウォーターができている」

「ホワイトウォーター？」

「うん、落下《らっか》によってかき混《ま》ぜられて、多《おお》くの空気《くうき》を含《ふく》んでいる水《みず》のことをいうんだ。あそこに入《はい》ると浮力《ふりょく》が奪《うば》われて、滝壺深《たきつぼふか》くに沈《しず》められてしまう」

「え、それじゃ、溺《おぼ》れちゃう……？」

「だから、滝《たき》の裏《うら》の洞窟《どうくつ》へは、上《うえ》から攻《せ》めるしかないようだ」

真実《しんじつ》が顔《かお》を上《あ》げる。つられて健太《けんた》も見上《みあ》げると、けわしい崖《がけ》がそびえ立《た》っている。高《たか》さ30メートルはある崖《がけ》だ。

「そ、そんな……」

健太《けんた》は言葉《ことば》を失《うしな》った。


滝《たき》のわきをまわって山《やま》を登《のぼ》り、崖《がけ》の上《うえ》に立《た》ったふたり。

真実《しんじつ》は、マントの下《した》に用意《ようい》していたロープを、太《ふと》い木《き》にくくりつけた。

「ぼくが先《さき》に下《お》りるよ」

真実《しんじつ》は、ロープにつかまると、ゆっくりと滝壺《たきつぼ》を目指《めざ》して下《お》りはじめた。

「真実《しんじつ》くん、気《き》をつけて！」

滝《たき》のすぐ横《よこ》を下《お》りていく真実《しんじつ》を、健太《けんた》は、崖《がけ》の上《うえ》から見守《みまも》っていた。

真実《しんじつ》は、器用《きよう》にロープをさばきながら崖下《がけした》までたどりつくと、滝《たき》のすぐ横《よこ》に、わずかにあった岩場《いわば》へとおりたった。

続《つづ》いて健太《けんた》の番《ばん》だ。健太《けんた》はロープをたぐり寄《よ》せ、真実《しんじつ》が腰《こし》に装着《そうちゃく》してくれたクライミング用《よう》の器具《きぐ》に通《とお》した。

ひざをふるわせながら、こわごわと崖下《がけした》をのぞきこむ健太《けんた》。

はるか下《した》に滝壺《たきつぼ》が見《み》える。


「っしゃああ！」

健太《けんた》は、おじけづきそうになる心《こころ》を追《お》い払《はら》うように叫《さけ》び、ゆっくりとロープで崖《がけ》を下《お》りはじめた。

ズドドドド！


ものすごい音《おと》を立《た》てて、すぐ横《よこ》を滝《たき》が落下《らっか》している。

風《かぜ》が吹《ふ》くたびにロープがあおられ、健太《けんた》の左肩《ひだりかた》に水《みず》が強《つよ》くたたきつける。砂袋《すなぶくろ》を落《お》とされたような重《おも》さだ。

恐怖《きょうふ》で頭《あたま》が真《ま》っ白《しろ》になる健太《けんた》。ロープにしがみつきながら、体《からだ》が動《うご》かなくなる。

（もうダメだ、滝壺《たきつぼ》に落《お》ちて、ホワイトウォーターにのみこまれちゃう）

「健太《けんた》くん！　恐怖《きょうふ》は自分《じぶん》の頭《あたま》の中《なか》でつくりだしている幻影《げんえい》だ。目《め》の前《まえ》のロープに集中《しゅうちゅう》して、まっすぐ下《お》りてくるんだ！」

崖下《がけした》から叫《さけ》ぶ真実《しんじつ》。

（目《め》の前《まえ》のロープに集中《しゅうちゅう》……。目《め》の前《まえ》のロープに集中《しゅうちゅう》……）

恐怖《きょうふ》で声《こえ》が出《で》ない健太《けんた》は、そう頭《あたま》の中《なか》で繰《く》り返《かえ》し、ゆっくりと下《お》りていく。

そして、滝《たき》の下《した》にたどりつくと、真実《しんじつ》が健太《けんた》の体《からだ》をガシッとつかみ、岩場《いわば》へとたぐり寄《よ》せてくれた。

「よくやったね、健太《けんた》くん！」

無事《ぶじ》に岩場《いわば》におりたった真実《しんじつ》と健太《けんた》は、水《みず》しぶきを浴《あ》びながら、滝《たき》の裏側《うらがわ》をのぞき込《こ》んだ。

そこには、ぽっかりと洞窟《どうくつ》が口《くち》をあけていた。

「ホントに洞窟《どうくつ》があったよ、真実《しんじつ》くん！」

「間違《まちが》いない。この中《なか》に四天王《してんのう》がいるはずだ」

洞窟《どうくつ》の中《なか》に入《はい》ると、そこは、一歩先《いっぽさき》さえも見《み》えない暗闇《くらやみ》の世界《せかい》だった。

真実《しんじつ》はマントをひるがえして、ホルスターに並《なら》んでいた七《なな》つ道具《どうぐ》のひとつを手《て》に取《と》る。

ホームズ学園《がくえん》の校章《こうしょう》が入《はい》った、多機能《たきのう》ＬＥＤ《エルイーディー》ライトだ。

明《あ》かりをともすと、洞窟内《どうくつない》が数《すう》メートル先《さき》まで見渡《みわた》せた。

「よかった。これなら安心《あんしん》だね！」

健太《けんた》と真実《しんじつ》は、洞窟《どうくつ》の奥《おく》へ奥《おく》へと慎重《しんちょう》に進《すす》んでいった。

キーー、キーッ、バタバサバサ！

突然《とつぜん》、黒《くろ》い影《かげ》が真実《しんじつ》と健太《けんた》を目《め》がけ、次々《つぎつぎ》とぶつかってくる！

パニックになった健太《けんた》は、黒《くろ》い影《かげ》を追《お》い払《はら》おうと、手《て》をやみくもに動《うご》かした。

ボコンボコン！

何《なに》かが体《からだ》に当《あ》たってくる。真実《しんじつ》と健太《けんた》は、思《おも》わずしゃがみこんだ。

真実《しんじつ》が天井《てんじょう》にライトを当《あ》てると、そこには、びっしりとコウモリの群《む》れがぶら下《さ》がっていた。

「うわあ、コウモリの大群《たいぐん》だ！　ごめん!!　じゃましてごめんよ！」

健太《けんた》はあわててコウモリに謝《あやま》った。

そうしているあいだも、コウモリが目《め》の前《まえ》をバサバサと舞《ま》っている。

「これじゃ、進《すす》めやしないよ」

「コウモリは、光《ひかり》のない真《ま》っ暗《くら》な洞窟《どうくつ》で、どんな狭《せま》い場所《ばしょ》でも岩《いわ》にぶつからず猛《もう》スピードですり抜《ぬ》けていくんだ。それは超音波《ちょうおんぱ》を使《つか》ってるからだ」

「超音波《ちょうおんぱ》？」

「コウモリは超音波《ちょうおんぱ》を発信《はっしん》し、岩《いわ》など対象物《たいしょうぶつ》からの反響《はんきょう》をキャッチして、位置《いち》や大《おお》きさの情報《じょうほう》を得《え》てるんだよ」

「すごい」

「だから、さあ行《い》こう。さあ、立《た》って」

とスッと立《た》ち上《あ》がる真実《しんじつ》。

「え？」

戸惑《とまど》いながら、真実《しんじつ》にこわごわと続《つづ》いて歩《ある》く健太《けんた》。

健太《けんた》と真実《しんじつ》は、猛《もう》スピードで移動《いどう》するコウモリのなかをゆっくりと歩《ある》いていく。

「あれ、コウモリがぶつかってこない!?　こんなに飛《と》んでいるのに……」

「ふつうに、ゆっくりとまっすぐ進《すす》めばいいんだ」

「そうか！　ビビって急《きゅう》に動《うご》くと逆《ぎゃく》にぶつかる。ゆっくり進《すす》めば、コウモリのほうが、うまくよけてくれるんだ」

コウモリのすみかを抜《ぬ》けると、天井《てんじょう》が高《たか》く明《あか》るい、大《おお》きな空間《くうかん》に出《で》た。

巨大《きょだい》な体育館《たいいくかん》くらいの大《おお》きさのその空間《くうかん》には、エメラルド色《いろ》の湖《みずうみ》が広《ひろ》がっていた。

「洞窟《どうくつ》の中《なか》に、こんな大《おお》きな湖《みずうみ》があるなんて!!」

驚《おどろ》く健太《けんた》。

大《おお》きな湖《みずうみ》の真《ま》ん中《なか》には浮島《うきしま》があり、1本《ぽん》の通路《つうろ》が伸《の》びている。

健太《けんた》と真実《しんじつ》は、中央《ちゅうおう》の浮島《うきしま》に向《む》かって通路《つうろ》を進《すす》む。

浮島《うきしま》には、大《おお》きな円柱《えんちゅう》の水槽《すいそう》が2本《ほん》、そびえ立《た》っている。

「変《か》わった水槽《すいそう》だね、水《みず》はあるけど、中《なか》に何《なに》も入《はい》ってない。これも、水《みず》の四天王《してんのう》が用意《ようい》したものかな」

「四天王《してんのう》は、どこだ……。おーい、早《はや》く姿《すがた》を見《み》せろ!!　四天王《してんのう》やーい」

たまらず健太《けんた》は叫《さけ》んだ。

健太《けんた》の声《こえ》が広《ひろ》い洞窟《どうくつ》にこだまする。

エメラルド
緑色《みどりいろ》の宝石《ほうせき》。古代《こだい》エジプトの女王《じょおう》・クレオパトラが好《この》んだ宝石《ほうせき》としても知《し》られている。

「待《ま》ちくたびれたぞ」


低《ひく》く、太《ふと》い声《こえ》が聞《き》こえてくる。

真実《しんじつ》と健太《けんた》はハッとして、声《こえ》のするほうを見《み》た。

水槽近《すいそうちか》くの椅子《いす》に、長《なが》い足《あし》を広《ひろ》げて座《すわ》る人影《ひとかげ》。

スキンヘッドで、ブルーの瞳《ひとみ》の少年《しょうねん》が、威圧的《いあってき》にこちらをにらんでいる。

分厚《ぶあつ》い胸板《むないた》の彼《かれ》は、黒《くろ》のシャツの上《うえ》に白衣《はくい》をはおって、腕組《うでぐ》みしていた。

（すごい迫力《はくりょく》だ……）

健太《けんた》は驚《おどろ》いていた。


「オレが、四天王《してんのう》の４人目《にんめ》、〝水《みず》の闘神《とうしん》〟アレクサンドル大瀧《おおたき》だ」


長身《ちょうしん》のアレクサンドルは、真実《しんじつ》を見下《みお》ろすようににらむ。

「きさまが謎野《なぞの》か。はじめて会《あ》うな。きさまがここを去《さ》ったあとに、オレは入学《にゅうがく》した」

真実《しんじつ》は、威圧的《いあってき》なアレクサンドルにまったく動《どう》じず、そのまま通路《つうろ》を進《すす》んで浮島《うきしま》に立《た》った。

健太《けんた》もそれに続《つづ》いた。

健太《けんた》は、じれったい思《おも》いで叫《さけ》ぶ。

「早《はや》く美希《みき》ちゃんを助《たす》けなきゃいけないんだ。パーツを渡《わた》せ！　どうせ、またナゾを解《と》けとかいうんだろうけど……」

「謎《なぞ》野《の》のお連《つ》れさんは察《さっ》しがいい。まずはあいさつがわりにオレの力《ちから》をとくと見《み》せてやる」

とポケットから何《なに》かを取《と》りだす。

それは、１本《ぽん》のフラスコだっ

た。

「入《はい》っているのは、ふつうの水《みず》だが……見《み》てろ」

アレクサンドルは、ゆっくりと目《め》をつぶり、フラスコに手《て》をかざす。

「ふぅぅぅぅ」

息《いき》を吐《は》き、念《ねん》を込《こ》める。

腕《うで》の筋肉《きんにく》がピクピクふるえる。

健太《けんた》も息《いき》をのみ、フラスコをじっと見《み》つめる。

（入《はい》っている水《みず》は、何《なに》も変《か》わった

ようには見《み》えないけど……）

「ウム」

と、ひとことうなずくと、アレクサンドルはフラスコから、左手《ひだりて》に持《も》った白《しろ》い皿《さら》に中《なか》の水《みず》を注《そそ》いだ。

すると、なんと皿《さら》の上《うえ》に落《お》ちた水《みず》が、どんどん凍《こお》って、氷《こおり》の山《やま》ができていく！

「え～！　水《みず》が一瞬《いっしゅん》のうちに氷《こおり》に!?」

驚《おどろ》きを隠《かく》せない健太《けんた》。

「オレが念《ねん》を送《おく》れば、水《みず》も一瞬《いっしゅん》にして凍《こお》るのだ」

（すごい。水《みず》には手《て》を触《ふ》れていなかったのに……）

だが、真実《しんじつ》は涼《すず》しげな表情《ひょうじょう》を崩《くず》さない。

「これは簡単《かんたん》なトリックだよ」

「え!?　これにもトリックがあるの？」

「ああ、これは過冷却《かれいきゃく》を利用《りよう》しているのさ」

「……過冷却《かれいきゃく》？」

「水《みず》は０度《ど》になると凍《こお》る。しかし、水《みず》の温度《おんど》をゆっくりと下《さ》げていくと、凍《こお》らないまま温度《おんど》が低《ひく》くなる。これを、過冷却《かれいきゃく》というんだ」

「さっきのフラスコの水《みず》は過冷却《かれいきゃく》の状態《じょうたい》だったということ？」

「ああ。そして過冷却状態《かれいきゃくじょうたい》の水《みず》は、なんらかの衝撃《しょうげき》を与《あた》えると一瞬《いっしゅん》にして凍《こお》る。だから、皿《さら》の上《うえ》に注《そそ》いだときに、どんどん凍《こお》ったのさ」

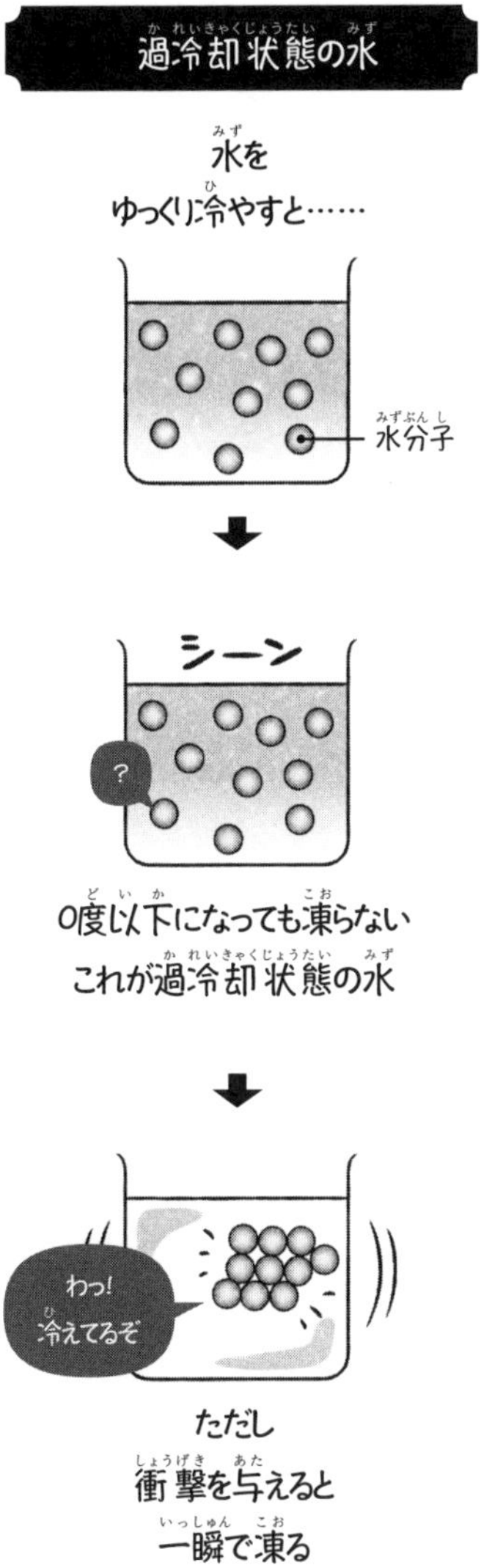
過冷却状態《かれいきゃくじょうたい》の水《みず》
水《みず》を
ゆっくり冷《ひ》やすと……
水分子《みずぶんし》
シーン
?
0度以下《どいか》になっても凍《こお》らない
これが過冷却状態《かれいきゃくじょうたい》の水《みず》
わっ!
冷《ひ》えてるぞ
ただし
衝撃《しょうげき》を与《あた》えると
一瞬《いっしゅん》で凍《こお》る

ハハハハハと急《きゅう》に高笑《たかわら》いするアレクサンドル。声《こえ》が洞窟内《どうくつない》に響《ひび》く。

「みごと！　謎野《なぞの》、きさまの実力《じつりょく》は本物《ほんもの》のようだな。さよう、これは簡単《かんたん》なトリックだよ。きさまの子分《こぶん》は、まんまと引《ひ》っかかったようだがな」

（ぼくが、子分《こぶん》だって……。たしかに、ぼくは真実《しんじつ》くんといつも一緒《いっしょ》にいて、助《たす》けてもらってばかりだけど……）

ムッとする健太《けんた》。

アレクサンドルは、そんな健太《けんた》に目《め》もくれず、続《つづ》けた。

「次《つぎ》はそうはいかん、ここからが本題《ほんだい》だ！」

アレクサンドルは、2本《ほん》の巨大《きょだい》な水槽《すいそう》のあいだに立《た》つ。

「これが解《と》ければ、『WATER《ウォーター》』のパーツを渡《わた》してやろう」

アレクサンドルは、パチンッと指《ゆび》をならした。

ウィーンッ

どこからか、機械《きかい》の駆動音《くどうおん》がする。

「真実《しんじつ》くん、あれ！」

異変《いへん》に気《き》づいた健太《けんた》は、天《てん》を指《ゆび》さした。

クレーンでつるされた透明《とうめい》の天使像《てんしぞう》がゆっくり下《お》りてくる。

「あれは……ホームズ学園《がくえん》の校章《こうしょう》にデザインされていた、天使像《てんしぞう》！」

「これから、このふたつの水槽《すいそう》に、それぞれ同《おな》じガラス製《せい》の天使像《てんしぞう》をつけてみせよう」

アレクサンドルがそう言《い》うと、１体《たい》の天使像《てんしぞう》が、２本並《ほんなら》んだ水槽《すいそう》の片方《かたほう》に沈《しず》められていく。

「このＡ《エー》の水槽《すいそう》には、ふつうの水《みず》が入《はい》っている」

健太《けんた》と真実《しんじつ》の目《め》には、Ａ《エー》の水《すい》槽《そう》のガラス越《ご》しに水《みず》につかった天使像《てんしぞう》が見《み》える。

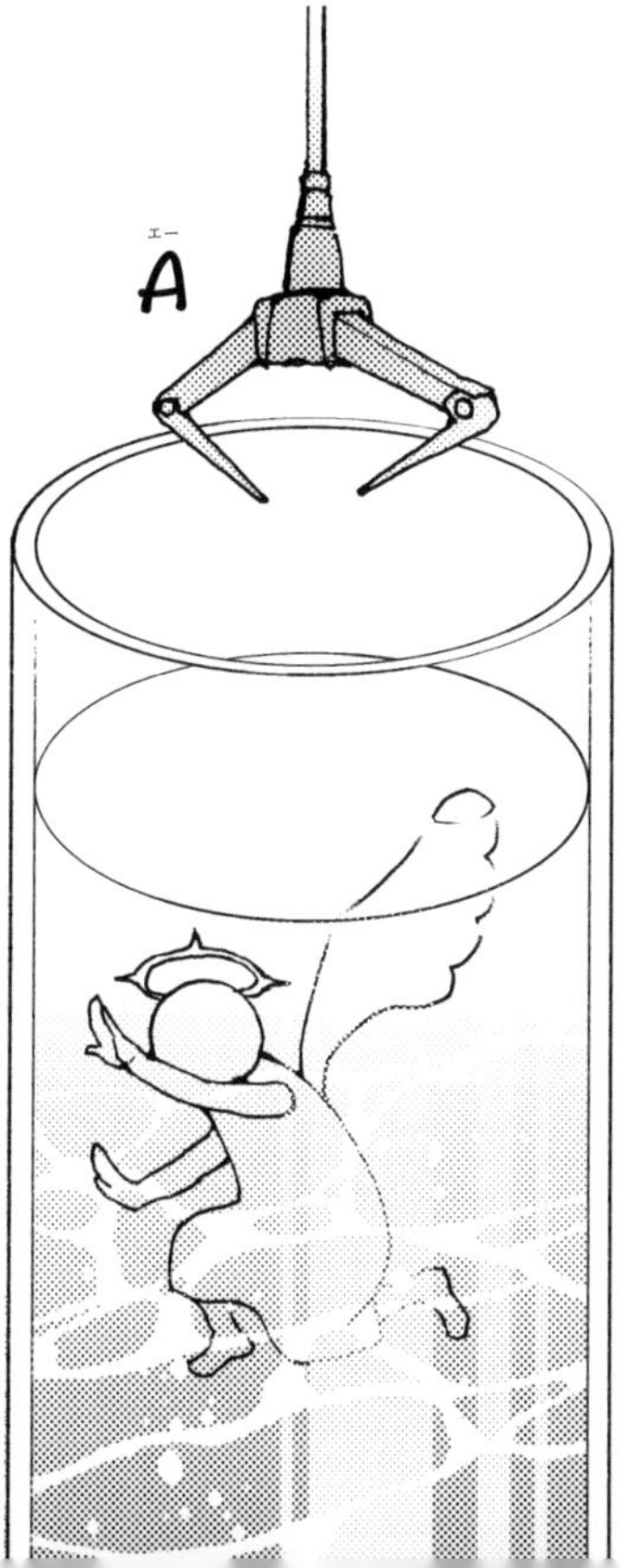

「そして、もうひとつ、このB《ビー》の水《すい》槽《そう》には、ある液体《えきたい》が入《はい》っている」

というと、アレクサンドルは指《ゆび》をまたパチンッと鳴《な》らした。

　クレーンでもう1体《たい》の天使像《てんしぞう》が下《お》りてきて、B《ビー》の水槽《すいそう》につけられる。

　その液体《えきたい》につかった天使像《てんしぞう》がみるみるうちに消《き》えていく。


「えっ、天使像《てんしぞう》が溶《と》けていく！」


「これが、万物《ばんぶつ》を溶《と》かし、無《む》にしてしまう、その名《な》も、『ゼロの液体《えきたい》』だ！」

健太《けんた》が近《ちか》くで水槽《すいそう》をのぞいても、何《なに》も見《み》えない。


「このゼロの液体《えきたい》の正体《しょうたい》がわかるか？」

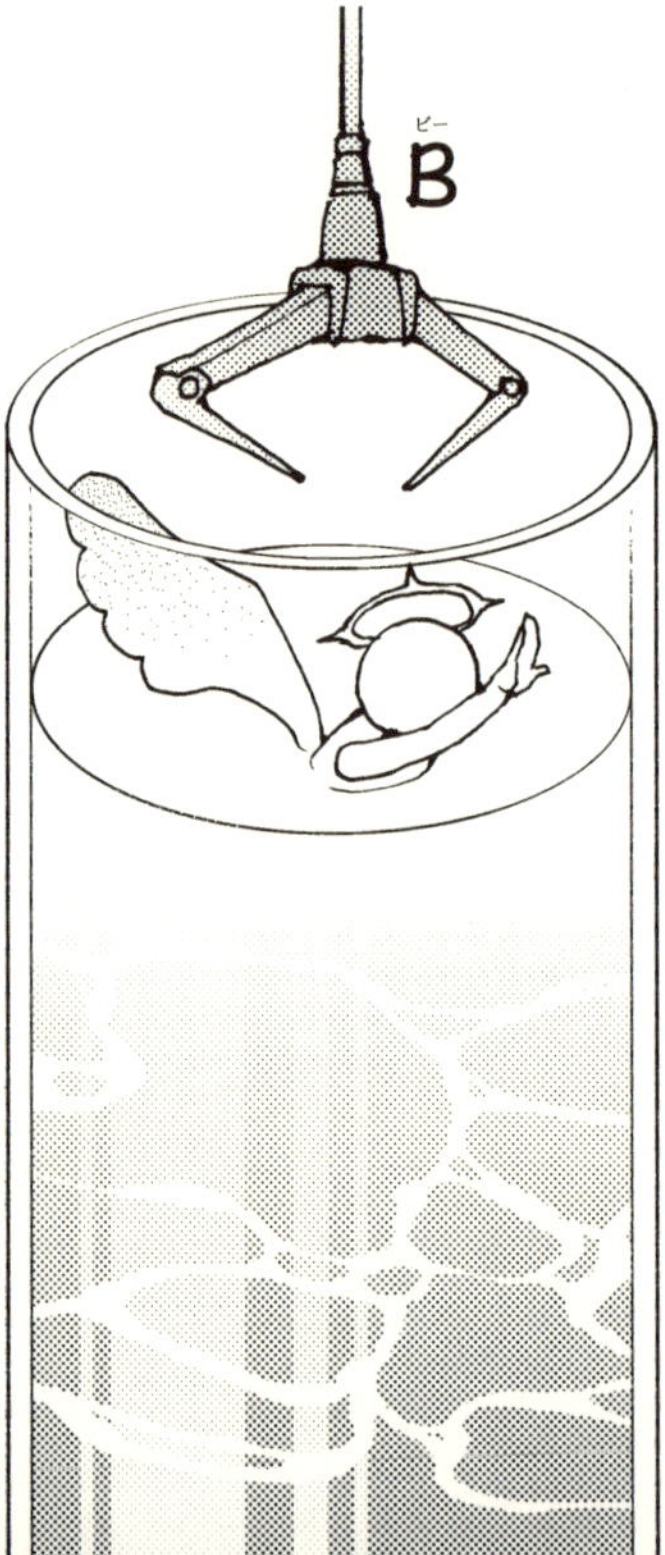

「ガラスを溶《と》かす、液体《えきたい》の正体《しょうたい》だって？」

健太《けんた》は真実《しんじつ》を見《み》る。

「確《たし》かめたいことがあるんだ」

真実《しんじつ》は、マントの下《した》のホルスターに手《て》を伸《の》ばすと、万年筆《まんねんひつ》を取《と》りだした。

「……真実《しんじつ》くん、万年筆《まんねんひつ》で何《なに》を書《か》くの？」

「字《じ》を書《か》くわけじゃない。この水性《すいせい》のインクを使《つか》うのさ」

そう言《い》って、万年筆《まんねんひつ》からインクのカートリッジを取《と》りだした。

「どうやって使《つか》うの？」

「両方《りょうほう》の水槽《すいそう》にインクを垂《た》らすのさ。そのあいだ、アレクサンドルくんの目《め》をそらす必要《ひつよう》がある」

健太《けんた》は黙《だま》ってうなずくと、水槽《すいそう》に近《ちか》づいていく。

「ちょっと見《み》せてもらうよ。それにしても大《おお》きな水槽《すいそう》だなぁ」

水槽《すいそう》のまわりをぐるぐる歩《ある》いている健太《けんた》が、ズルッと足《あし》をすべら

万年筆《まんねんひつ》
軸《じく》の中《なか》にあるインクが、ペン先《さき》の細《ほそ》い溝《みぞ》に吸《す》いこまれることで、文字《もじ》が書《か》けるペン。

せる。

「ああ――――！」

次《つぎ》の瞬間《しゅんかん》、湖《みずうみ》に落《お》ちる健太《けんた》。


ドボンッ！


「いったいどうした？」

驚《おどろ》いてそちらを見《み》るアレクサンドル。

健太《けんた》は、バタバタと水《みず》の中《なか》でもがいて、必死《ひっし》で浮島《うきしま》にたどりつき、ずぶぬれになって水《みず》から上《あ》がってくる。

「落《お》ちちゃった、テヘヘ」

と照《て》れて笑《わら》う健太《けんた》。

「本当《ほんとう》にぶざまな子分《こぶん》だな」

アレクサンドルはあきれて苦笑《くしょう》する。

「子分《こぶん》じゃない。ぼくは真実《しんじつ》くんの友達《ともだち》だ！」

「ほう」

アレクサンドルの表情《ひょうじょう》が変《か》わる。

そのすきに、真実《しんじつ》は、A《エー》とB《ビー》、両方《りょうほう》の水槽《すいそう》の中《なか》にインクを垂《た》らし、何事《なにごと》もなかったように、元《もと》の場所《ばしょ》に戻《もど》った。そして健太《けんた》に小声《こごえ》で話《はな》す。

「キミのおかげで無事《ぶじ》にインクが落《お》とせた。そして、わかったよ。あれは『ゼロの液体《えきたい》』なんかじゃない。ぼくたちの身近《みぢか》にある、ありふれた液体《えきたい》さ」

「え、身近《みぢか》にある?」

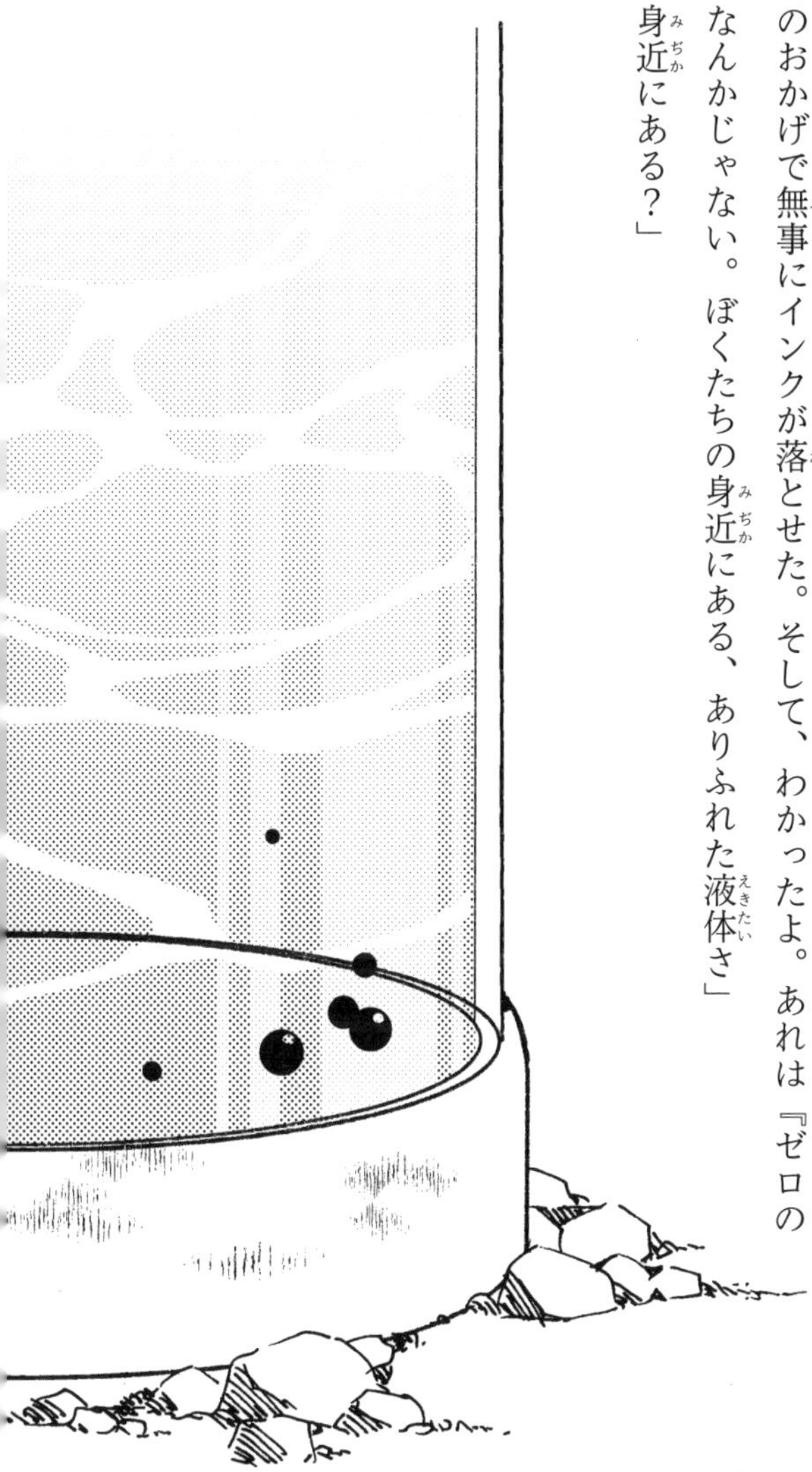

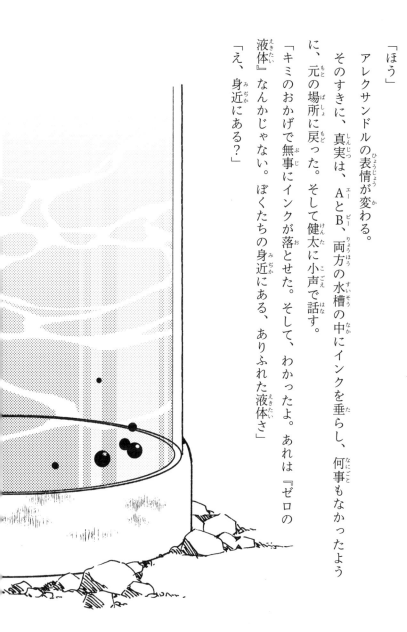

「それはね」
と真実《しんじつ》が答《こた》えを言《い》おうとしたその瞬間《しゅんかん》。

ビュン！

突然《とつぜん》、地面《じめん》から現《あらわ》れた網《あみ》に捕《と》らえられ、真実《しんじつ》は宙《ちゅう》づりにされた。
網《あみ》が見《み》えないように土《つち》の下《した》に仕掛《しか》けられていて、クレーンで一気《いっき》に引《ひ》き上《あ》げられたのだ。

「**真実《しんじつ》くん!!**」

網《あみ》の中《なか》の真実《しんじつ》は、高《たか》くつり上《あ》げられている。

「**ハハハ！　ナゾを解《と》くのは謎野《なぞの》じゃダメだ。きさまだ**」

と、アレクサンドルは健太《けんた》を指《ゆび》さした。

「ぼくが!?」
「子分《こぶん》じゃなくて友達《ともだち》ならば、友情《ゆうじょう》が本物《ほんもの》かを試《ため》させてもらおうじゃないか」
「試《ため》す？」

「きさまがそのナゾを解《と》けなければ、ゼロの液体《えきたい》の水槽《すいそう》に謎野《なぞの》もつけて、溶《と》かしてやる」

B《ビー》の水槽《すいそう》の上《うえ》に、ゆらゆらとぶら下《さ》げられる真実《しんじつ》。

(真実《しんじつ》くんを助《たす》けたいけど……どうしよう、ぼくなんかに、わかりっこないよ)

健太《けんた》は頭《あたま》をかきむしる。

ふと真実《しんじつ》を見《み》ると、真実《しんじつ》は、網《あみ》のすきまから、おだやかな表情《ひょうじょう》でじっとこちらを見《み》ていた。

(……真実《しんじつ》くんは、あせっていない。どうしてだ……)

健太《けんた》を見《み》て、わずかにほほえみながら、うなずく真実《しんじつ》。

(そうか、ぼくのことを、信《しん》じてくれているんだ)

健太《けんた》は、こぶしをギュッと握《にぎ》りしめた。

「よし、受《う》けてたつ！　ぼくがそのナゾを解《と》いて、真実《しんじつ》くんを助《たす》けてみせる！」

「ただの子分《こぶん》のくせに、イキがいいな！　ハハハ、しょせん、きさまは謎野《なぞの》の金魚《きんぎょ》のフンだ。きさまなんかに解《と》くのは、無理《むり》だ」

高笑《たかわら》いするアレクサンドル。

健太《けんた》は、ふたつの水槽《すいそう》をじっくりと見比《みくら》べた。

(どちらも透明《とうめい》で、全然違《ぜんぜんちが》いがわからない……。そうだ、さっき真実《しんじつ》くんが、インクを垂《た》らしたぞ。……なぜなんだ。真実《しんじつ》くんがやった「実験《じっけん》」の結果《けっか》を、なんとしてもぼくが「分析《ぶんせき》」するんだ)

あらためてB《ビー》の水槽《すいそう》をじっと見《み》る。

よく見《み》ると、透明《とうめい》な液体《えきたい》の中《なか》に、紺色《こんいろ》の球《たま》のようなものが数粒《すうつぶ》沈《しず》んでいる。

「あ!!」

健太《けんた》は、思《おも》わず声《こえ》をあげた。

(そうだ、真実《しんじつ》くんの万年筆《まんねんひつ》のインクは、紺色《こんいろ》だった。これは、そのインクだ! 液体《えきたい》に混《ま》ざらずに、球《たま》のようになって、底《そこ》に沈《しず》んでいる)

健太《けんた》は、A《エー》の水《みず》が入《はい》った水槽《すいそう》を見《み》た。

(あれ、でもA《エー》の水槽《すいそう》にはインクが見当《みあ》たらない……。水《みず》に混《ま》ざったのか)

金魚《きんぎょ》のフン
ひとりの人《ひと》に、ずっとついて回《まわ》るようすをさす。金魚《きんぎょ》のフンはひものように長《なが》く、泳《およ》いでいる金魚《きんぎょ》にずっとくっついていることから。

健太《けんた》は、ニヤリと笑《わら》った。

「何《なに》を笑《わら》っているんだ？」

表情《ひょうじょう》がけわしくなるアレクサンドル。

「この世《よ》に、科学《かがく》で解《と》けないナゾはない、すべてナゾは解《と》けたよ！」

健太《けんた》は、ビシッとアレクサンドルを指《ゆび》さした。

インクは水性《すいせい》だ。
水《みず》と混《ま》ざり合《あ》わない
液体《えきたい》といえば……？

解決編《かいけつへん》

健太《けんた》は、アレクサンドルに告《つ》げた。

「真実《しんじつ》くんが、両方《りょうほう》の水槽《すいそう》にこっそりとインクを落《お》とした。そのおかげでわかったよ。あのインクは水性《すいせい》だ。だから水《みず》の水槽《すいそう》には混《ま》ざってしまって見当《みあ》たらなかった。でも、『ゼロの液体《えきたい》』の水槽《すいそう》には球《たま》になって沈《しず》んでいた。そこでドレッシングを思《おも》いだしたんだ。水《みず》と油《あぶら》が混《ま》ざらずに、分離《ぶんり》しているドレッシングの瓶《びん》の中身《なかみ》をね。これはゼロの液体《えきたい》なんかじゃない。ズバリ、油《あぶら》だ！」

じっと黙《だま》っているアレクサンドル。

やがて、口《くち》を開《ひら》く。

「……さよう、正解《せいかい》だ。くやしいが、アッパレだ」

アレクサンドルは、つぶやいた。

そして、とらわれていた真実《しんじつ》を地上《ちじょう》に下《お》ろして、網《あみ》から解放《かいほう》した。

「健太《けんた》くん！　みごとに油《あぶら》であることを言《い》い当《あ》てたね」

「うん。真実《しんじつ》くんのおかげだよ。……でも、油《あぶら》でガラスは溶《と》けないはずだよね？」

「溶《と》けたわけじゃなく、見《み》えなくなっただけさ。光《ひかり》の進《すす》み方《かた》は、液体《えきたい》や、気体《きたい》など、物質《ぶっしつ》の種類《しゅるい》によって変《か》わるから、光《ひかり》が曲《ま》がる。これを光《ひかり》の屈折《くっせつ》というんだ。その曲《ま》がり方《かた》の度合《どあ》いを『屈折率《くっせつりつ》』という。油《あぶら》とガラスの屈折率《くっせつりつ》はほぼ同《おな》じだからその境界《きょうかい》では、光《ひかり》はほとんど屈折《くっせつ》しない。だから油《あぶら》の中《なか》にある天使像《てんしぞう》が見《み》えず、液体《えきたい》に溶《と》けたように見《み》えたのさ」

アレクサンドルはうなずいた。

「ウム。きさまたちは、ふたりで力《ちから》を合《あ》わせてナゾを解《と》いた。その友情《ゆうじょう》は、本物《ほんもの》だったな。健《けん》太《た》は、子分《こぶん》ではなく、謎野《なぞの》の大切《たいせつ》なバディ（相《あい》棒《ぼう》）だったんだな」

アレクサンドルはそう言《い》ってふたりを見《み》た。

油《あぶら》とガラスの場合《ばあい》

屈折率《くっせつりつ》が同《おな》じだと、光《ひかり》が曲《ま》がらずまっすぐ進《すす》むので、物《もの》があることを認識《にんしき》できない

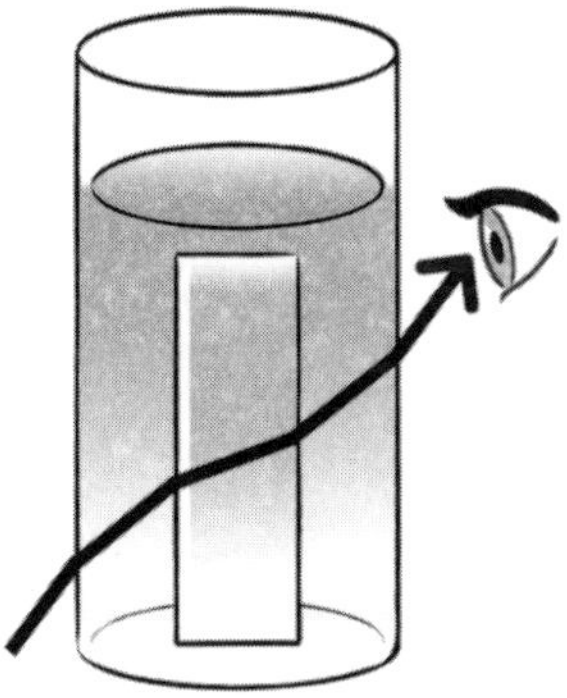

水《みず》とガラスの場合《ばあい》

屈折率《くっせつりつ》が違《ちが》うと、そこで光《ひかり》が曲《ま》がるので、透明《とうめい》な物《もの》があることを認《にん》識《しき》できる

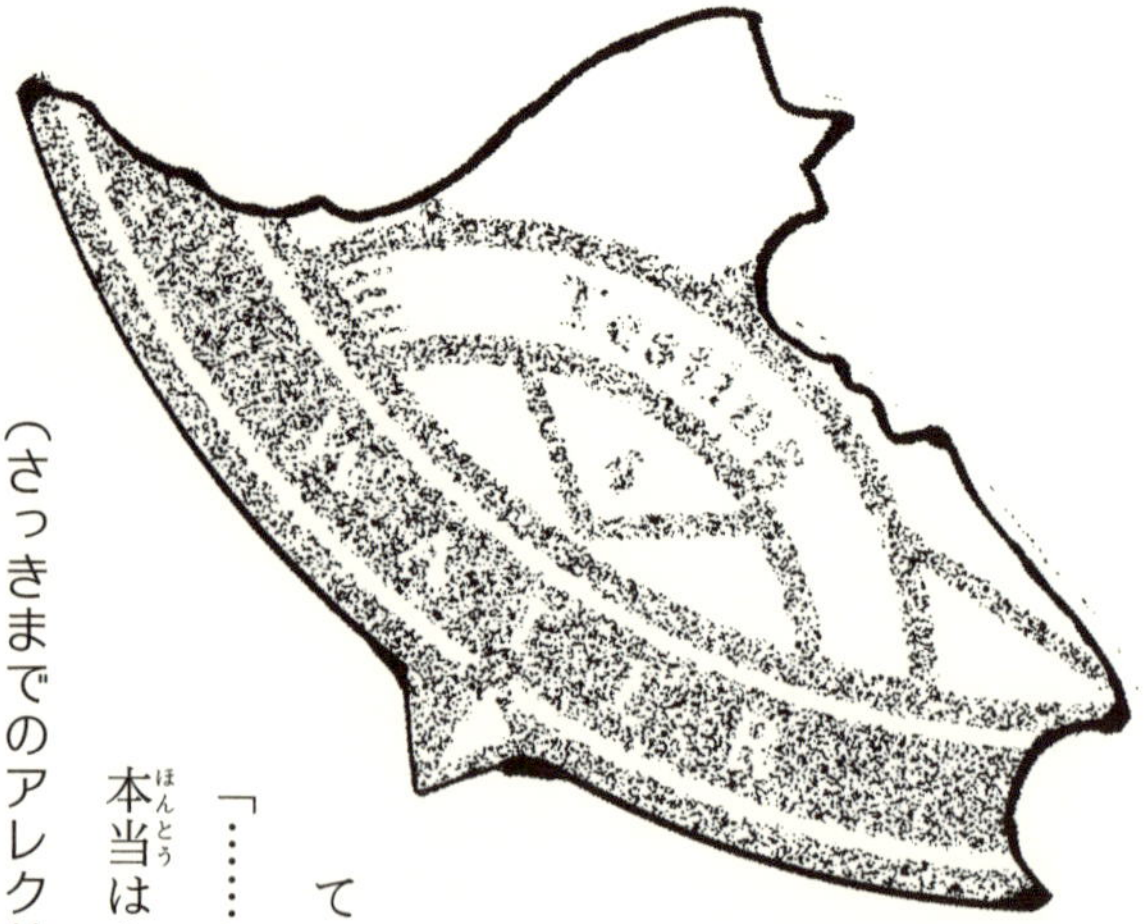

健太《けんた》は、照《て》れたように、真実《しんじつ》と顔《かお》を見合《みあ》わせた。

「WATER《ウォーター》」のパーツを渡《わた》すと、アレクサンドルは、健太《けんた》と真実《しんじつ》にいきなり頭《あたま》を下《さ》げた。

「頼《たの》む、どうか、凛《りん》を救《すく》ってくれないか」

意外《いがい》な言葉《ことば》に驚《おどろ》く健太《けんた》。

「凛《りん》くんを救《すく》う？　逆《ぎゃく》だよ、美希《みき》ちゃんを危険《きけん》な目《め》にあわせているのは凛《りん》くんじゃないか」

「……あいつは今《いま》、暴走《ぼうそう》してまわりが見《み》えなくなっている。でも、本当《ほんとう》はあいつも悪《わる》いやつじゃない……。やさしいやつなんだ」

（さっきまでのアレクサンドルくんとは別人《べつじん》だ。とてもやさしい目《め》をしている）

健太《けんた》はアレクサンドルの表情《ひょうじょう》の変化《へんか》に気《き》づいた。

「オレはきゅうくつな家《いえ》を出《で》て、ホームズ学園《がくえん》での学生生活《がくせいせいかつ》へ期待《きたい》してやってきた。だが、怖《こわ》そうなオレの姿《すがた》を見《み》て、みんな避《さ》けやがった。オレはひとりぼっちだった」

アレクサンドルはうつむいたが、すぐに顔《かお》を上《あ》げて言葉《ことば》を続《つづ》けた。

「さみしさをまぎらわせるためオレは、あたりかまわず生徒《せいと》にけんかをふっかけては、なぐり飛《と》ばした。そんなとき、凛《りん》と出会《であ》った。弱々《よわよわ》しいやつだとけんかをふっかけたが、あいつだけは一歩《いっぽ》もひかなかった。逆《ぎゃく》に笑顔《えがお》で自己紹介《じこしょうかい》してきやがったんだ……『やあ、ボクは凛《りん》。キミもさみしい目《め》をしているね……ボクたち同類《どうるい》だね』ってな」

遠《とお》くを見《み》つめ、苦笑《くしょう》まじりに思《おも》い出《で》をかみしめて語《かた》るアレクサンドル。

「あいつは、自分《じぶん》に友達《ともだち》なんか必要《ひつよう》ないって言《い》っていたが、オレにとっちゃ、凛《りん》は大切《たいせつ》な友《とも》達《だち》だ」

アレクサンドルの目《め》には、わずかに涙《なみだ》がにじんでいた。

「つまらん思《おも》い出話《でばなし》につきあわせたな。とにかく謎野《なぞの》、凛《りん》はきさまのことが憎《にく》いんじゃない。あいつはただ、学園長《がくえんちょう》である父親《ちちおや》にほめてもらいたいだけだ」

「ほめられたい？」

けげんそうな顔《かお》をする真実《しんじつ》。

「ああ。学園長《がくえんちょう》は、謎野《なぞの》がいかに優秀《ゆうしゅう》かばかりを話《はな》して、凛《りん》は今《いま》まで一度《いちど》もほめられたことがないんだ。だからあいつは、きさまに勝《か》てば、父親《ちちおや》にはじめてほめてもらえると思《おも》っているんだ……」

しかし、真実《しんじつ》は厳《きび》しいまなざしを崩《くず》さず、宙《ちゅう》を見《み》ている。

「凛《りん》は、この洞窟《どうくつ》のさらに奥《おく》にいる。あいつのこん身《しん》のナゾを解《と》いて、目《め》をさまさせてやってくれ。頼《たの》む！　勇気《ゆうき》があり、友情《ゆうじょう》で結《むす》ばれたきさまたちなら、きっとできるはずだ」

真実《しんじつ》は、しっかりとアレクサンドルの目《め》を見《み》てうなずく。

「わかったよ」

「わかった、まかせて！」

健太《けんた》も、アレクサンドルの目《め》をまっすぐ見《み》て、うなずいた。

そして、アレクサンドルの思《おも》いも引《ひ》き受《う》けたふたりは、美希《みき》を救《すく》うべく、次《つぎ》の場所《ばしょ》へと急《いそ》いだ。

「時間《じかん》がない、健太《けんた》くん急《いそ》ごう」

「うん！」

4

SCIENCE TRICK DATA FILE

科学《かがく》トリック データファイル

Q.水《みず》って
0度以下《どいか》でも凍《こお》らない
ことがあるんだね

過冷却水《かれいきゃくすい》をつくろう！

170ページに出《で》てきた過冷却水《かれいきゃくすい》は、家庭《かてい》の冷蔵庫《れいぞうこ》でもつくることができます。うまく過冷却水《かれいきゃくすい》ができると、皿《さら》に注《そそ》ぐなどの衝撃《しょうげき》を与《あた》えた瞬間《しゅんかん》に、水《みず》が凍《こお》るのを見《み》ることができます。

【実験《じっけん》してみよう】

用意《ようい》するもの：ペットボトル　水《みず》（できれば、浄水器《じょうすいき》を通《とお》したもの）

保冷用《ほれいよう》のシートやペットボトル用《よう》の保冷袋《ほれいぶくろ》

凍《こお》ってしまっていたり、まだ過冷却状態《かれいきゃくじょうたい》になっていなかったりした場合《ばあい》は、冷凍庫《れいとうこ》に入《い》れる時間《じかん》を変《か》えて試《ため》してみましょう。パーシャル冷凍室《れいとうしつ》があれば、そこが過冷却水《かれいきゃくすい》をつくるのに最《もっと》も適《てき》しています。冷《ひ》えすぎないような工夫《くふう》をして、ゆっくり冷《ひ》やすと成功《せいこう》しやすくなります。

水《みず》をペットボトルに入《い》れ、保冷《ほれい》用《よう》のシートを巻《ま》く(または、保冷《ほれい》袋《ぶくろ》に入《い》れる)。

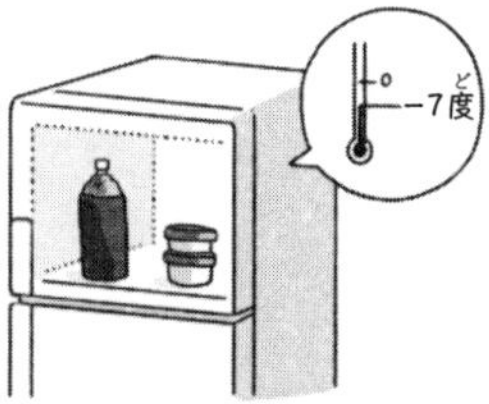
−7度《ど》

冷凍庫《れいとうこ》の中《なか》に入《い》れ、4時間《じかん》程度《ていど》冷《ひ》やす(温度調節《おんどちょうせつ》ができる場合《ばあい》は、マイナス7度《ど》くらいに設定《せってい》)。冷却中《れいきゃくちゅう》も動《うご》かすときも、衝撃《しょうげき》を与《あた》えないように気《き》をつけよう。

A.水《みず》が必《かなら》ず凍《こお》る温度《おんど》は、マイナス48度《ど》だという研究《けんきゅう》もあるよ

死《し》の地《ち》下《か》迷《めい》宮《きゅう》

闇《やみ》のホームズ学園《がくえん》5

事件編《じけんへん》

「ふ〜、ずいぶん下《お》りるねえ」

洞窟《どうくつ》を奥《おく》へ奥《おく》へと進《すす》んでいくと、突然《とつぜん》、深《ふか》い縦穴《たてあな》が現《あらわ》れ、下《した》へと続《つづ》く階段《かいだん》があった。その階段《かいだん》を真実《しんじつ》と健太《けんた》は下《お》りていた。

「着《つ》いたようだね」

真実《しんじつ》が急《きゅう》に、立《た》ち止《ど》まった。いちばん下《した》まで到着《とうちゃく》したようだ。

見《み》ると、目《め》の前《まえ》にとびらがある。とびらの上《うえ》に「ＳＴＡＲＴ《スタート》」と書《か》かれた小《ちい》さなプレートが取《と》り付《つ》けられていた。

「あのとびらの向《む》こうに最終《さいしゅう》ス

テージがあるってこと？」

「そのようだね」

真実《しんじつ》はドアノブを回《まわ》し、ゆっくりと、とびらを開《ひら》いた。

「なんなの、ここ……？」

とびらの向《む》こうには、３メートルほどの高《たか》い壁《かべ》にはさまれた細《ほそ》い通路《つうろ》が伸《の》びていた。

ほの暗《ぐら》い通路《つうろ》の先《さき》には、分《わ》かれ道《みち》があり、さらにその先《さき》にも通路《つうろ》は続《つづ》いているようだ。

見上《みあ》げると、遠《とお》くまで天井《てんじょう》が広《ひろ》がり、ここがドーム球場《きゅうじょう》のような

大《おお》きな空間《くうかん》であることを示《しめ》している。

「ようこそ、死《し》の地下迷宮《ちかめいきゅう》へ」

突然《とつぜん》、凛《りん》の声《こえ》が響《ひび》いた。

天井《てんじょう》に、凛《りん》の映像《えいぞう》が映《うつ》しだされた。

「死《し》の地下迷宮《ちかめいきゅう》!?」

「なるほど。ここは、新《あたら》しくできた極秘施設《ごくひしせつ》だね」

「真実《しんじつ》くん、ここのこと知《し》ってるの?」

「探偵《たんてい》というのは、どんな危機的状況《ききてきじょうきょう》でも、瞬時《しゅんじ》に判断《はんだん》をして危機《きき》を乗《の》り越《こ》えなくてはいけないんだ。ぼくがホームズ学園《がくえん》にいたころ、探偵《たんてい》になる最終試験《さいしゅうしけん》のための極秘施設《ごくひしせつ》をつくる計画《けいかく》があったんだ。たしか巨大迷路《きょだいめいろ》のようにするってうわさがあったね」

「そのとおり。ここがその極秘施設《ごくひしせつ》だよ。ボクがそこにキミたちへのナゾをしかけたんだ」

凛《りん》は、不敵《ふてき》な笑《え》みを浮《う》かべた。

「さあ、勝負《しょうぶ》だ、真実《しんじつ》くん! ボクと美希《みき》ちゃんがいる部屋《へや》は、この迷宮《めいきゅう》のゴールにある。

制限時間《せいげんじかん》は1時間《じかん》。せいぜい、死《し》の地下迷宮《ちかめいきゅう》の恐怖《きょうふ》を味《あじ》わうといい！」

次《つぎ》の瞬間《しゅんかん》、天井《てんじょう》の映像《えいぞう》が消《き》えた。

「もう残《のこ》り1時間《じかん》しかない！」

「ああ。ぼくたちは凛《りん》くんの部屋《へや》を目指《めざ》して進《すす》むだけだ」

真実《しんじつ》と健太《けんた》は、迷路《めいろ》の中《なか》を歩《ある》きはじめた。


「ねえ、これって化石《かせき》だよね？」

健太《けんた》は巨大迷路《きょだいめいろ》を歩《ある》きながら、壁《かべ》を見《み》ていた。

壁《かべ》には、ところどころ化石《かせき》が埋《う》まっていたのだ。

「おそらく、ＥＡＲＴＨ《アース》——すなわち『大地《だいち》』のステージということを表《あらわ》しているんだろう。健太《けんた》くんが今見《いまみ》ているのは、中生代《ちゅうせいだい》に繁栄《はんえい》していたアンモナイトの化石《かせき》だね。中生代《ちゅうせいだい》は、約《やく》2億《おく》５１００万年前《まんねんまえ》から６６００万年前《まんねんまえ》までの時代《じだい》のことだよ」

「そんなに前《まえ》!?　人類《じんるい》が誕生《たんじょう》したのはええっと」

「７００万年前《まんねんまえ》から６００万年前《まんねんまえ》だね」

「すごい！　アンモナイトって、はるか大昔《おおむかし》に生《い》きていたんだね！」

「ああ。アンモナイトは、地層《ちそう》の時代《じだい》を調《しら》べるときに、とても便利《べんり》な化石《かせき》なんだ」

「地層《ちそう》の時代《じだい》を調《しら》べる？」

「地層《ちそう》は、土《つち》が堆積《たいせき》してできる。その地層《ちそう》がいつの時代《じだい》にできたのかを調《しら》べるために、そこに埋《う》まっている化石《かせき》を見《み》るんだ。アンモナイトの化石《かせき》があれば、中生代《ちゅうせいだい》の地層《ちそう》、三葉虫《さんようちゅう》の化石《かせき》があれば、それより前《まえ》の古生代《こせいだい》の地層《ちそう》——という具合《ぐあい》にね」

「へえ。化石《かせき》ってそんな使《つか》い方《かた》もできるんだ」

「アンモナイトのように、地層《ちそう》の年代《ねんだい》を知《し》るのに役《やく》立《だ》つ化石《かせき》を、『示準化石《しじゅんかせき》』っていうんだよ」

「そうなんだ」

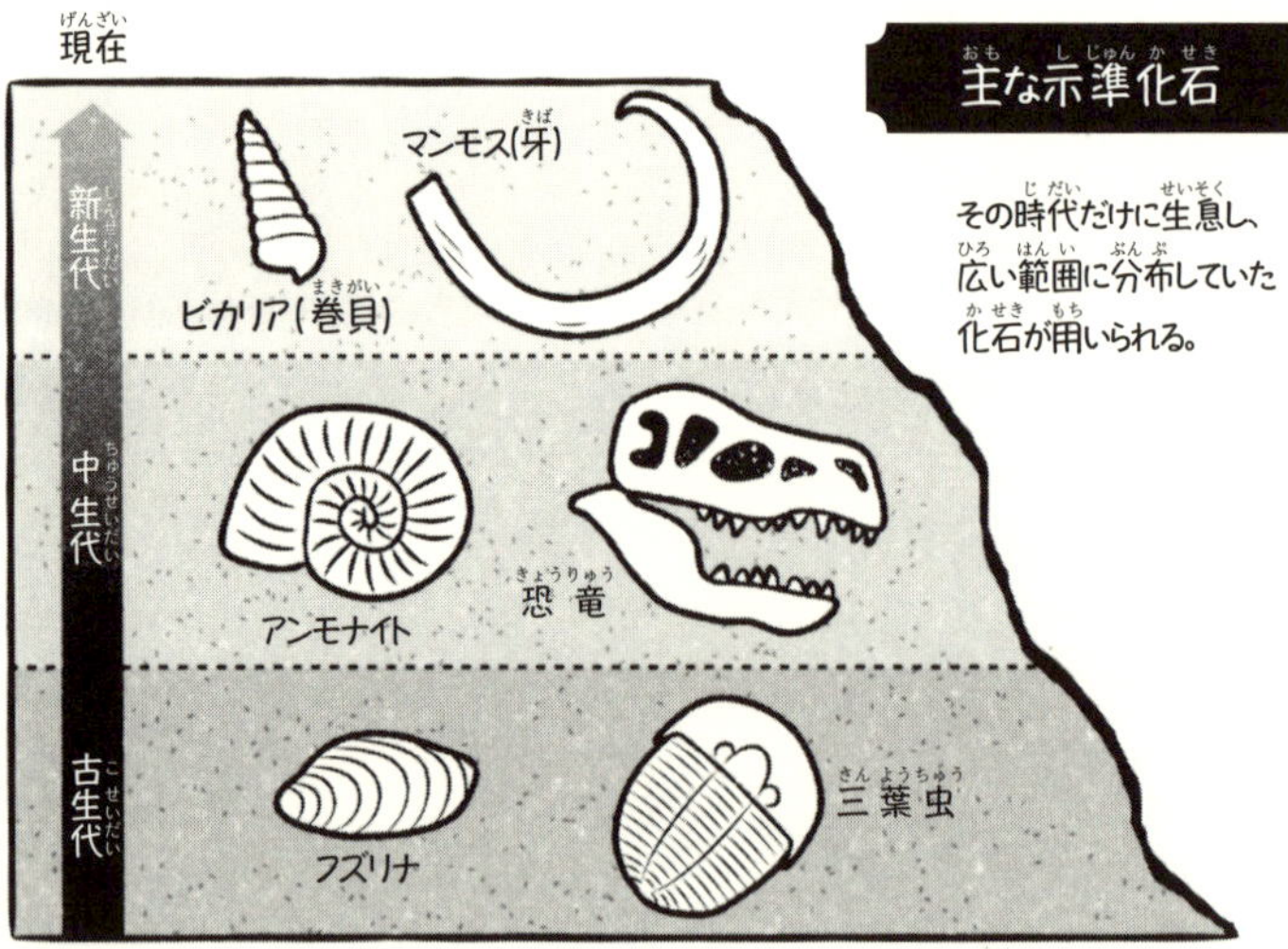
主《おも》な示準化石《しじゅんかせき》
その時代《じだい》だけに生息《せいそく》し、広《ひろ》い範囲《はんい》に分布《ぶんぷ》していた化石《かせき》が用《もち》いられる。
現在《げんざい》
新生代
中生代
古生代《こせいだい》
マンモス(牙《きば》)
ビカリア(巻貝《まきがい》)
アンモナイト
恐竜《きょうりゅう》
フズリナ
三葉虫《さんようちゅう》

健太《けんた》は感心《かんしん》したようすで化石《かせき》を見《み》ながら前《まえ》に進《すす》んだ。

ポチッ
突然《とつぜん》、音《おと》がした。

健太《けんた》が何《なに》かを踏《ふ》んだようだ。

瞬間《しゅんかん》、健太《けんた》の立《た》っていた地面《じめん》にぽっかりと穴《あな》が開《あ》いた。

「うわあ‼」

健太《けんた》の体《からだ》が落下《らっか》する。

健太《けんた》は、とっさに穴《あな》のふちをつかんで、ぶら下《さ》がる。

「健太《けんた》くん!」

真実《しんじつ》があわてて手《て》を伸《の》ばし、健太《けんた》の腕《うで》をつかんで、引《ひ》き上《あ》げた。

「あー、危《あぶ》なかった~!」

なんとかはい上《あ》がった健太《けんた》は、穴《あな》をのぞき込《こ》む。

「もしかして、凛《りん》くんがつくった罠《わな》かな?」

「いや、これは元《もと》からあった罠《わな》のようだね。この迷路《めいろ》は探偵《たんてい》の最終《さいしゅう》試験《しけん》のための施設《しせつ》だから、さまざまな罠《わな》がしかけられているんだ」

真実《しんじつ》は、地面《じめん》をじっと見《み》つめた。

「地面《じめん》に罠《わな》を発動《はつどう》させるスイッチがいくつも隠《かく》されているようだね。慎重《しんちょう》に進《すす》んでいこう」

「うん。注意《ちゅうい》しながら歩《ある》けば、だいじょうぶだよね」

健太《けんた》はそう言《い》って立《た》ち上《あ》がると、笑顔《えがお》で１歩前《ぽまえ》に踏《ふ》みだした。

ポチッ
「わっ！」

瞬間《しゅんかん》、通路《つうろ》の奥《おく》から大量《たいりょう》の小石《こいし》が飛《と》んできた。

「危《あぶ》ない、健太《けんた》くん！　ふせて！」

真実《しんじつ》と健太《けんた》は、体《からだ》を地面《じめん》にふせた。

その真上《まうえ》を石《いし》が通《とお》りすぎた。

「健太《けんた》くん。だいじょうぶかい？」

「うん……なんとか」

健太《けんた》にけががないのを確認《かくにん》すると、真実《しんじつ》は立《た》ち上《あ》がり、ふたたび歩《ある》きだした。

「さあ、先《さき》を急《いそ》ごう」

30分《ぷん》ほどが過《す》ぎた。

ふたりはいくつもの罠《わな》をくぐり抜《ぬ》けながら、歩《ある》き続《つづ》けた。

「科学探偵《かがくたんてい》になるってたいへんだね。こんな試験《しけん》を通《とお》らないといけないなんて……」

そう言《い》いながら、健太《けんた》はふと、真実《しんじつ》が左手《ひだりて》で壁《かべ》を触《さわ》って歩《ある》いていることに気《き》づいた。

「そういえば、迷路《めいろ》を歩《ある》きはじめてから、ずっと壁《かべ》を触《さわ》ってるよね？」

「ああ。これは、中世《ちゅうせい》ヨーロッパで生《う》まれた迷路攻略法《めいろこうりゃくほう》のひとつだよ」

「どういうこと？」

「片手《かたて》で壁《かべ》をずっと触《さわ》りながら歩《ある》いていけば、遠回《とおまわ》りをする

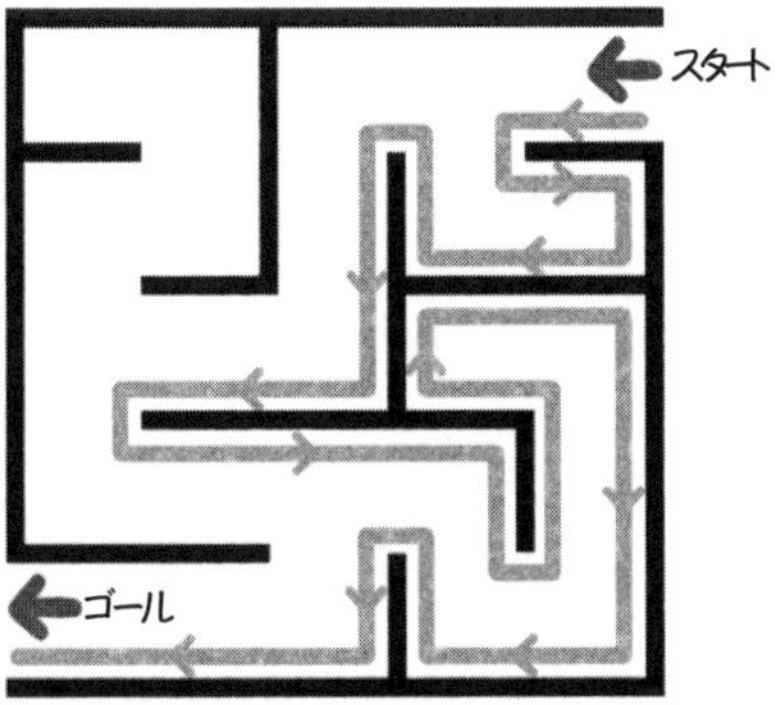

迷路攻略法《めいろこうりゃくほう》(左手法《ひだりてほう》)

迷路《めいろ》のスタートから、ずっと左《ひだり》手《て》で左《ひだり》側《がわ》の壁《かべ》をさわっていると、ゴールまでたどりつける。右手《みぎて》で右側《みぎがわ》の壁《かべ》をさわるのでも、同様《どうよう》に解《と》ける。

ことになっても、いずれ出口《でぐち》までたどりつけるんだ。迷路《めいろ》の種類《しゅるい》によっては、通用《つうよう》しない場合《ばあい》もあるけど、何《なに》もしないよりはずっといいからね」

「そうなんだ！　よし、ぼくもやるよ」

健太《けんた》は真実《しんじつ》と同《おな》じように左手《ひだりて》で壁《かべ》を触《さわ》ると、分《わ》かれ道《みち》を左《ひだり》に曲《ま》がった。

すると、10メートルほど向《む》こうに、何《なに》かが見《み》えた。

それは、男《おとこ》の人《ひと》の巨大《きょだい》な像《ぞう》である。

今《いま》まで30分《ぷん》以《い》上《じょう》迷路《めいろ》を歩《ある》いていたが、像《ぞう》を見《み》たのはこれがはじめてだ。

真実《しんじつ》は、つぶやいた。

「ディアストーカー・ハットをかぶって、インバネス・コートを着《き》ている。そして、手《て》にはパイプ……。シャーロック・ホームズの石像《せきぞう》か」

左手法《ひだりてほう》で解《と》けない迷路《めいろ》

ゴールが迷路《めいろ》の中《なか》にあったり、立体的《りったいてき》になっている迷路《めいろ》では、解《と》けない場合《ばあい》もある。

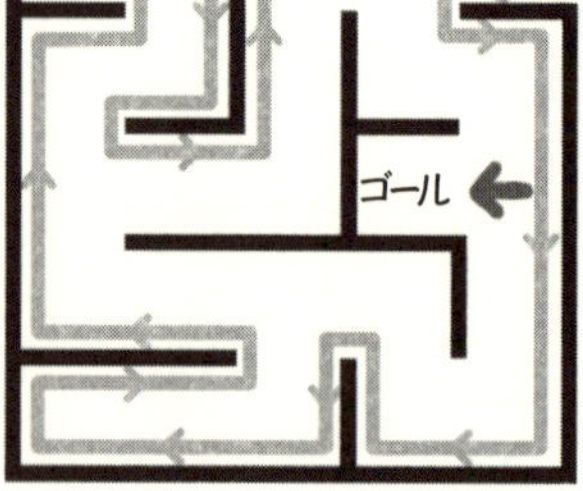

像《ぞう》は、道《みち》の突《つ》き当《あ》たりに立《た》っていた。

「左《ひだり》の道《みち》は、石像《せきぞう》で行《ゆ》き止《ど》まりになってるよ。真実《しんじつ》くん、右《みぎ》の道《みち》へ急《いそ》ごう！」

右《みぎ》の道《みち》は通路《つうろ》がどこまでもまっすぐ続《つづ》いているようだ。

しかし真実《しんじつ》は、像《ぞう》が気《き》になるのか、立《た》ち止《ど》まったまま動《うご》かない。

「なぜこんなところに石像《せきぞう》があるんだ？」

そのとき――。

像《ぞう》の目《め》が、**ピカーッ**と、あやしい光《ひかり》を放《はな》った。

スウッ――

像《ぞう》がわずかに宙《ちゅう》に浮《う》かんだ。

「ええ!?」

次《つぎ》の瞬間《しゅんかん》、像《ぞう》がゆっくりと動《うご》きだし、真実《しんじつ》たちに向《む》かって迫《せま》ってきた。

シャーロック・ホームズの服装《ふくそう》

ホームズといえば、「ディアストーカー・ハット（鹿撃《しかう》ち帽《ぼう》）」と、ケープがついて二重《にじゅう》になった「インバネス・コート」を身《み》につけているイメージが一般的《いっぱんてき》だが、実《じつ》は、原作中《げんさくちゅう》、一度《いちど》もそのかっこうをしている描写《びょうしゃ》は出《で》てこない。この姿《すがた》は、本《ほん》のさし絵《え》のイメージがひとり歩《ある》きして広《ひろ》まったものだ。

「わあ！　し、真実《しんじつ》くん！」

健太《けんた》は、真実《しんじつ》の腕《うで》をつかむと、あわてて駆《か》けだした。

背後《はいご》からは、像《ぞう》がスピードを上《あ》げて迫《せま》ってくる。

その距離《きょり》はだんだん縮《ちぢ》まっていた。

健太《けんた》は息《いき》を切《き》らしながら、言《い》った。

「このままじゃ、あの像《ぞう》に押《お》しつぶされちゃうよ！　まるで見《み》えない線路《せんろ》があるみたいに、まっすぐこっちに向《む》かってくる！」

その言葉《ことば》を聞《き》いて、真実《しんじつ》はハッとした。

「そうか。そういうことか」

突然《とつぜん》、真実《しんじつ》は立《た》ち止《ど》まり、像《ぞう》のほうを向《む》いた。

「真実《しんじつ》くん、走《はし》って！」

「いや、このままでいい」

「どうして!?」

「こうするためだ！」

真実《しんじつ》は迫《せま》ってくる像《ぞう》をにらむと、右手《みぎて》を前《まえ》に突《つ》きだした。

像《ぞう》は、勢《いきお》いを増《ま》して、真実《しんじつ》の間近《まぢか》に迫《せま》る。

次《つぎ》の瞬間《しゅんかん》、

ドンッ！


にぶい音《おと》とともに、像《ぞう》の動《うご》きが止《と》まった。

なんと真実《しんじつ》が、像《ぞう》を片手《かたて》で受《う》け止《と》めていたのだ。

「真実《しんじつ》くん！」

健太《けんた》はあわてて駆《か》け寄《よ》った。

「すごい！　真実《しんじつ》くんって怪力《かいりき》の持《も》ち主《ぬし》だったんだね！」

驚《おどろ》く健太《けんた》に、真実《しんじつ》は「違《ちが》うよ」と冷静《れいせい》に答《こた》えた。

「持《も》ち上《あ》げてごらん」

健太《けんた》はとまどいながらも、像《ぞう》を両手《りょうて》でかかえ、力《ちから》いっぱい持《も》ち上《あ》げた。

「ええ!?」

像《ぞう》は軽々《かるがる》と持《も》ち上《あ》がった。

「どうして？」

「この像《ぞう》は、発泡《はっぽう》スチロールでできているんだ」

「そう言《い》われれば！」

よく見《み》ると、像《ぞう》の形《かたち》をした発泡《はっぽう》スチロールに石《いし》のような色《いろ》が塗《ぬ》ってあるだけだった。

「だけど、どうやって動《うご》いていたの？」

「『リニアモーターカー』と同《おな》じしくみだよ」

「それってええっと」

「つまり、磁石《じしゃく》だよ。この像《ぞう》は、磁石《じしゃく》の力《ちから》を利用《りよう》して動《うご》いていたんだ。キミの言葉《ことば》がヒントになったんだ。『見《み》えない線路《せんろ》があるみたい』という言《こと》葉《ば》がね」

「えええ？」

「ぼくは最初《さいしょ》、像《ぞう》の底《そこ》にファンがあって空気《くうき》の力《ちから》で浮《う》かせているのもしれないと思《おも》った。ホーバークラフトみたいにね。だけど、それなら大《おお》きな音《おと》がするはずだ」


磁石《じしゃく》のN極《エヌきょく》とS極《エスきょく》を変《か》えるには？

鉄《てつ》の棒《ぼう》に導線《どうせん》をぐるぐるらせん状《じょう》に巻《ま》き付《つ》けて、電流《でんりゅう》を流《なが》すと磁石《じしゃく》になる。これは、「電磁《でんじ》石《しゃく》」と呼《よ》ばれるもので、電流《でんりゅう》の向《む》きを変《か》えることで、N極《エヌきょく》とS極《エスきょく》を簡《かん》単《たん》に入《い》れ替《か》えることができる。

「そういえば、あの像《ぞう》は音《おと》もなく近《ちか》づいてきたね」

「リニアモーターカーは、乗《の》り物《もの》の側面《そくめん》に強《きょう》力《りょく》な磁石《じしゃく》がついている。そして、両側《りょうがわ》の壁《かべ》にも同《おな》じように強力《きょうりょく》な磁石《じしゃく》がついていて、その磁石《じしゃく》の力《ちから》によって乗《の》り物《もの》を浮《う》かして動《うご》かすことができるんだ。この像《ぞう》と迷路《めいろ》の壁《かべ》にも、同《おな》じように磁石《じしゃく》が埋《う》め込《こ》まれていたんだろう。磁石《じしゃく》だから、音《おと》もなく、物《もの》を浮《う》かせることができたんだ」

「なるほど～。でも、受《う》け止《と》めるのはさすがに危険《きけん》だったんじゃないの？　本物《ほんもの》の石像《せきぞう》だったら、たいへんなことになるところだったよ」

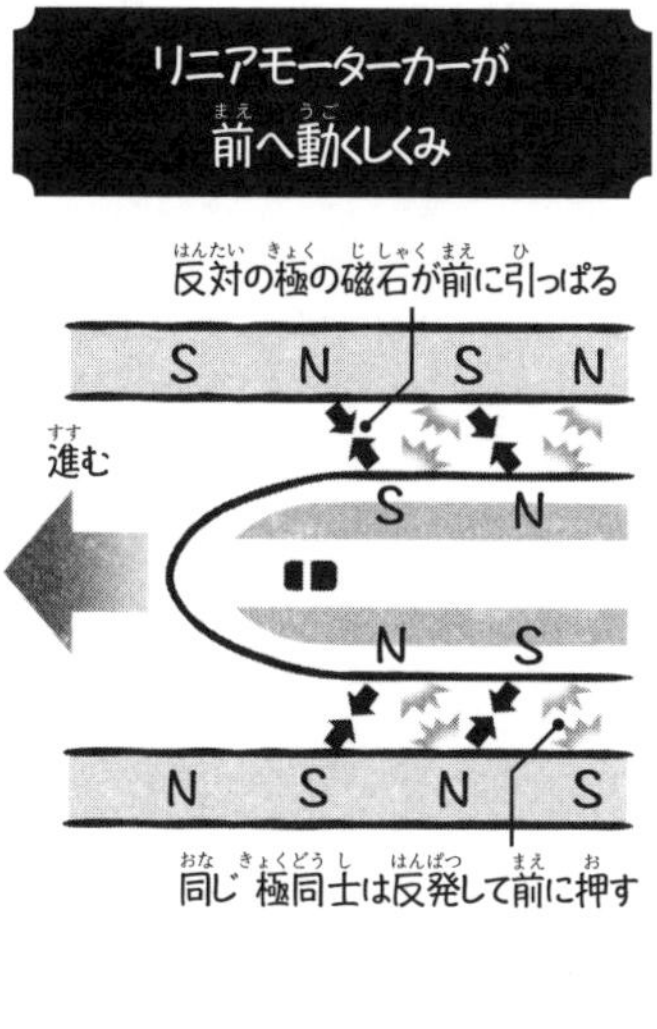

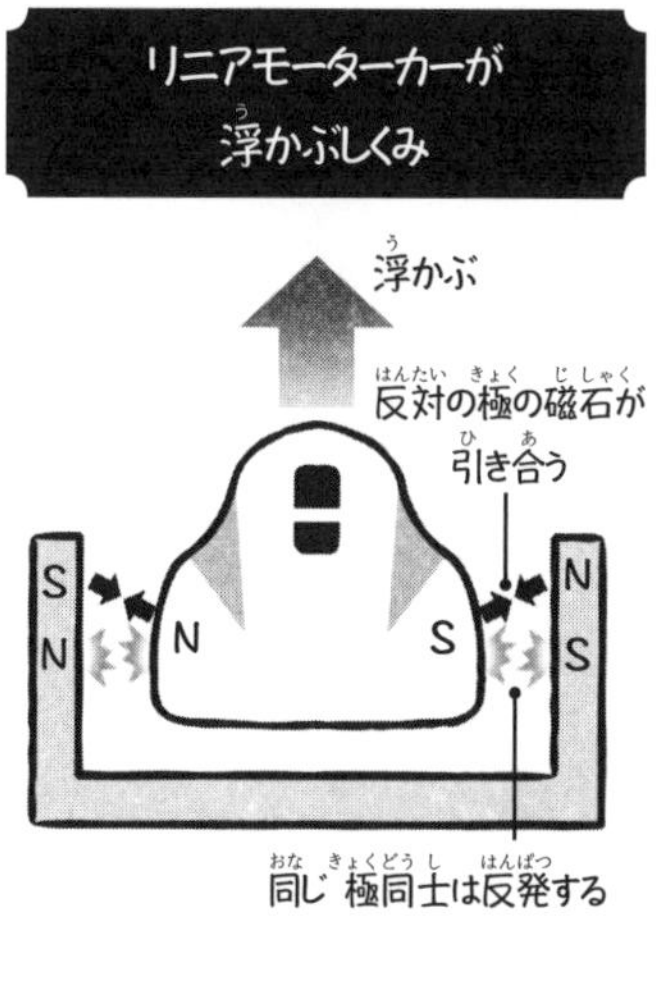

「重《おも》い物《もの》を浮《う》かせるには、特殊《とくしゅ》な電磁石《でんじしゃく》が必要《ひつよう》だ。さすがにこの迷路《めいろ》にそれを仕込《しこ》むことは難《むずか》しいと思《おも》った。ふつうの磁石《じしゃく》なら、あまり重《おも》い物《もの》を浮《う》かすことはできない。だから軽《かる》い物《もの》でつくられていると思《おも》ったんだ」

「さすが真実《しんじつ》くん！　そんなことまでわかるなんて！　よおし、これであとは出口《でぐち》を見《み》つけるだけだね！」

「それなら、たぶんあそこだ」

「えっ？」

「その場所《ばしょ》へ行《い》こう」

健太《けんた》は真実《しんじつ》に連《つ》れられ、その場所《ばしょ》にやってきた。

そこは、石像《せきぞう》が最初《さいしょ》にあった場所《ばしょ》だ。

「ここって……」

「ここの通路《つうろ》は行《ゆ》き止《ど》まりになっているだけだよ」

「行《ゆ》き止《ど》まりの壁《かべ》をよく見《み》てごらん」

リニアモーターカーが浮《う》くわけ

電磁石《でんじしゃく》をマイナス20０度以下《どいか》の超低温《ちょうていおん》で冷《ひ》やすと、強《つよ》い磁力《じりょく》を持《も》つ磁石《じしゃく》（超電導磁石《ちょうでんどうじしゃく》）になる。重《おも》くて大《おお》きいリニアモーターカーを動《うご》かすことができるのは、この特殊《とくしゅ》な磁石《じしゃく》を使《つか》っているからだ。

健太《けんた》が目《め》をこらして見《み》ると、行《ゆ》き止《ど》まりの壁《かべ》に、小《ちい》さなプレートが埋《う》め込《こ》まれていた。

「ああ！」

そこには「GOAL《ゴール》」と書《か》かれている。

「そう。像《ぞう》のあった裏《うら》の壁《かべ》が、迷路《めいろ》のゴールだったんだ」

ふたりは行《ゆ》き止《ど》まりの壁《かべ》の前《まえ》までやってくると、プレートに触《ふ》れた。

すると、ゴゴゴッと音《おと》を響《ひび》かせながら、壁《かべ》の1か所《しょ》が動《うご》くと、正方形《せいほうけい》の大《おお》きな穴《あな》が開《ひら》いた。パアッと明《あか》るい光《ひかり》が差《さ》し込《こ》んでくる。

真実《しんじつ》と健太《けんた》は、その穴《あな》をくぐった。

「やっとたどり着《つ》いたね」

穴《あな》の向《む》こうには、教室《きょうしつ》ぐらいの部屋《へや》が広《ひろ》がっていた。

その中央《ちゅうおう》に、凛《りん》が立《た》っていた。

「凛《りん》くん……」

「ああ、真実《しんじつ》くん！　見《み》て！」

健太《けんた》は凛《りん》の横《よこ》にある物体《ぶったい》を指《ゆび》さした。

それは、あの水槽《すいそう》だ。

水槽《すいそう》の中《なか》の美希《みき》は、すでにあごのあたりまで水《みず》につかっている。

美希《みき》は真実《しんじつ》たちに気《き》づくと、大《おお》きく目《め》を見開《みひら》き、一瞬《いっしゅん》、ホッとしたような表情《ひょうじょう》になった。

しかし、次《つぎ》の瞬間《しゅんかん》、ふたたび水《みず》かさが増《ま》し、美希《みき》は祈《いの》るように目《め》をつぶった。

「美希《みき》ちゃん！　今《いま》すぐ助《たす》けるからね！」

水槽《すいそう》の土台《どだい》には、五《いつ》つのパーツをはめる石盤《せきばん》が取《と》り付《つ》けられている。

健太《けんた》は凛《りん》を見《み》た。

「凛《りん》くん、早《はや》く五《いつ》つ目《め》のパーツを渡《わた》して！　石像《せきぞう》のナゾは真実《しんじつ》くんが解《と》いたよ！」

「あれは、ただのお遊《あそ》びだよ」

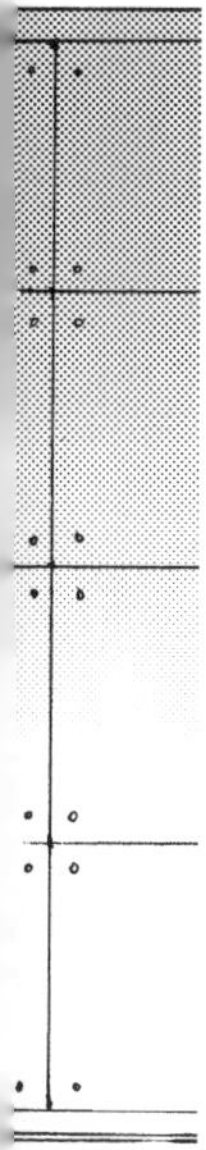

「ええ!?」

凛《りん》は不敵《ふてき》な笑《え》みを浮《う》かべながら、真実《しんじつ》を見《み》た。

「真実《しんじつ》くん、今《いま》からが本当《ほんとう》のボクとの対決《たいけつ》だよ。最後《さいご》のパーツが欲《ほ》しかったら、自分《じぶん》の手《て》で掘《ほ》りだすんだね！」

凛《りん》はそう言《い》って、指《ゆび》をパチンと鳴《な》らす。

すると、奥《おく》の壁《かべ》をおおっていた黒《くろ》い幕《まく》がはずれた。

「何《なに》あれ!?」

壁《かべ》を見《み》て、健太《けんた》は思《おも》わず声《こえ》をあげる。
奥《おく》の壁《かべ》は、すべて岩《いわ》でできていたのだ。

「『EARTH《アース》』のパーツはあの岩《いわ》の中《なか》のどこかにあるよ。ヒントは、

『最《もっと》も古《ふる》き記《き》憶《おく》を持《も》つ場《ば》所《しょ》に、宝《たから》は眠《ねむ》る』だ」

「えっ、最《もっと》も古《ふる》き記《き》憶《おく》？　どういうこと？」

「ふふふ。みごとパーツを見《み》つけることができるかな？　あと、10分《ぷん》しかないよ。10分《ぷん》以内《いない》にパーツを見《み》つけだして、水槽《すいそう》の石盤《せきばん》にはめないと、美希《みき》ちゃんは溺《おぼ》れてしまうねえ」

「じゅ、10分《ぷん》!?」

健太《けんた》は美希《みき》を見《み》る。美希《みき》は、真実《しんじつ》と健太《けんた》を必死《ひっし》な表情《ひょうじょう》で見《み》つめている。

「真実《しんじつ》くん、どうしよう！　岩《いわ》なんて簡単《かんたん》に掘《ほ》れないよ！」

「だったら、これを使《つか》おう」

真実《しんじつ》はマントをひるがえすと、ホルスターの中《なか》から1本《ぽん》のナイフを取《と》りだした。

「ナイフなんて持《も》ってたんだね！　だけど、岩《いわ》だとナイフの刃《は》が折《お》れちゃうよ!?」

「だいじょうぶ。これは七《なな》つ道《どう》具《ぐ》のひとつなんだ。チタンという軽《かる》くて硬《かた》い素材《そざい》でできていて、刃先《はさき》にはダイヤモンドがついている。そう簡単《かんたん》に折《お》れたりしないよ」

「そうなんだ！　よし、ぼくにまかせて！」

健太《けんた》は真実《しんじつ》からナイフを借《か》りると、奥《おく》の壁《かべ》まで行《い》き、岩《いわ》を削《けず》りはじめた。

「どこだ!?　どこにあるんだ??」

健太《けんた》はやみくもに岩《いわ》を削《けず》る。

すると、ナイフの先《さき》がカツンと手《て》ごたえの違《ちが》うものを探《さぐ》りあてた。

「真実《しんじつ》くん、こんなものが出《で》てきたよ！」

健太《けんた》の手《て》には、化石《かせき》が握《にぎ》られていた。

「迷路《めいろ》と同《おな》じで、ここにも化石《かせき》が埋《う》まっているようだね」

「くうう！　もっと削《けず》れば、きっとパーツを見《み》つけられるはずだ！」

健太《けんた》はさらに岩《いわ》を削《けず》った。

しかし、化石《かせき》は出《で》てきても、パーツが出《で》てくる気配《けはい》はまったくなかった。

「健太《けんた》くん、削《けず》るべきところは、『最《もっと》も古《ふる》き記憶《きおく》を持《も》つ場所《ばしょ》』だ」

チタン
軽《かる》くて、強《つよ》く、硬《かた》い金《きん》属《ぞく》。さびにくく、熱《ねつ》にも強《つよ》い。ロケットやジェット機《き》のエンジン部分《ぶぶん》などに使《つか》われている。

ダイヤモンド
炭素《たんそ》の結晶《けっしょう》で、天然《てんねん》の鉱物《こうぶつ》のなかで最《もっと》も硬《かた》い。宝石《ほうせき》としてアクセサリーに使《つか》われるのは、わずか10％ほど。ほとんどは工業用《こうぎょうよう》で、金属《きんぞく》などをみがくために使《つか》われている。

「それはどこなの？　だいたい古《ふる》き記《き》憶《おく》ってなんなの？」

「それはおそらく——」

真実《しんじつ》は壁《かべ》の岩《いわ》をじっと見《み》つめた。

「やはり、そうだ。この岩《いわ》は、地層《ちそう》になっている」

「地層《ちそう》って、土《つち》が積《つ》み重《かさ》なってできるんだったよね？」

「そのとおり。それぞれの層《そう》に名前《なまえ》をつけて、考《かんが》えてみよう」

そう言《い》って、真実《しんじつ》は目《め》の前《まえ》の壁《かべ》を指《ゆび》さした。

「いちばん新《あたら》しい層《そう》は**A**《エー》。すべての層《そう》をつらぬいているからだ。2番《ばん》目《め》に新《あたら》しいのは**B**《ビー》。そして、**B**《ビー》の下《した》には**CDE**《シーディーイー》の層《そう》がある」

「じゃあ、**CDE**《シーディーイー》のうち、どれがいちばん古《ふる》い層《そう》なの!?」

「……」

真実《しんじつ》は健太《けんた》の問《と》いかけに答《こた》えず、じっと地層《ちそう》を見《み》つめている。

「確《たし》か、地層《ちそう》は下《した》にあるほうが古《ふる》いんだよね。じゃあ、いちばん古《ふる》いのは**C**《シー》か**E**《イー》だ！」

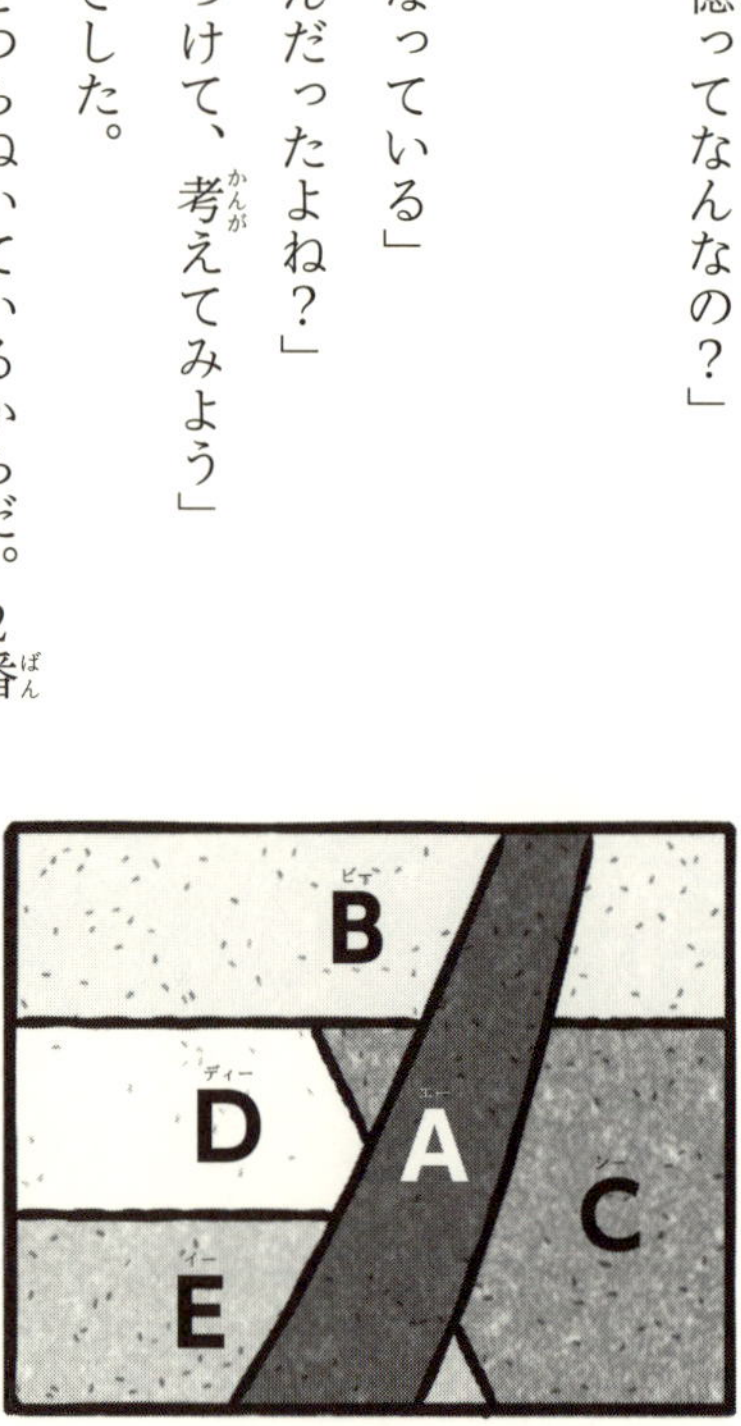

健太《けんた》は、まずE《イー》の層《そう》に駆《か》け寄《よ》ると、ナイフを突《つ》き立《た》てて削《けず》りはじめた。

「美希《みき》ちゃん、待《ま》っててよ！　もうすぐ助《たす》けるからね！」

しかし、健太《けんた》が掘《ほ》っても、パーツはいっこうに見《み》つからない。

出《で》てくるのは、化石《かせき》だけだった。

「真実《しんじつ》くん！　ここは、アンモナイトの化石《かせき》しか出《で》てこないよ！　やっぱりC《シー》だ！」

健太《けんた》は、今度《こんど》はC《シー》の層《そう》を削《けず》りはじめた。

「ダメだ、ここもアンモナイトの化石《かせき》しか出《で》てこない！」

必死《ひっし》で掘《ほ》っている健太《けんた》をよそに、真実《しんじつ》は、口元《くちもと》に手《て》をあて、地層《ちそう》を見《み》つめたままだ。

そのようすを、凛《りん》は不敵《ふてき》な笑《え》みを浮《う》かべながら見《み》ていた。

「あと、５分《ふん》だよ」

水槽《すいそう》の中《なか》の美希《みき》は、鼻《はな》の下《した》まで水《みず》につかっていた。

健太《けんた》があせって叫《さけ》ぶ。

「なぜ、パーツが見《み》つからないんだ！」

そのとき、真実《しんじつ》が、「あっ！」と声《こえ》をあげた。

真実《しんじつ》はD《ディー》の層《そう》に顔《かお》をむけ、目《め》を大《おお》きく見開《みひら》いていた。

「そうか。そういうことだったのか」

真実《しんじつ》は人差《ひとさ》し指《ゆび》で眼鏡《めがね》をクイッとあげると、健太《けんた》のほうを見《み》た。

「パーツのある場所《ばしょ》がわかったよ。最《もっと》も古《ふる》い地層《ちそう》はD《ディー》だ」

真実《しんじつ》は、いったい何《なに》を見《み》つけたのだろう？

地層《ちそう》の時代《じだい》を知《し》る方法《ほうほう》にはどんなものがあるか思《おも》いだそう

解決編《かいけつへん》

真実《しんじつ》の目線《めせん》の先《さき》のD《ディー》の層《そう》には、土《つち》から半分出《はんぶんで》ている化石《かせき》が埋《う》まっていた。

しかし、目《め》をこらして見《み》ると、それはアンモナイトとは別《べつ》の化石《かせき》だった。

「あそこにあるのは、三葉虫《さんようちゅう》の化石《かせき》だ。三葉虫《さんようちゅう》は古生代《こせいだい》に生息《せいそく》していた生物《せいぶつ》だよ」

「古生代《こせいだい》……、ああ！　アンモナイトはたしか、中生代《ちゅうせいだい》だっけ……？」

「そう。つまり三葉虫《さんようちゅう》の化石《かせき》があるD《ディー》の層《そう》のほうが、アンモナイトの化石《かせき》があるC《シー》やE《イー》の層《そう》よりも古《ふる》いということになる」

「でも、下《した》のほうが古《ふる》いんじゃないの？」

「地層《ちそう》は地殻変動《ちかくへんどう》で上下《じょうげ》が逆転《ぎゃくてん》することがあるんだ。D《ディー》が『最《もっと》も古《ふる》き記憶《きおく》の場所《ばしょ》』だ！」

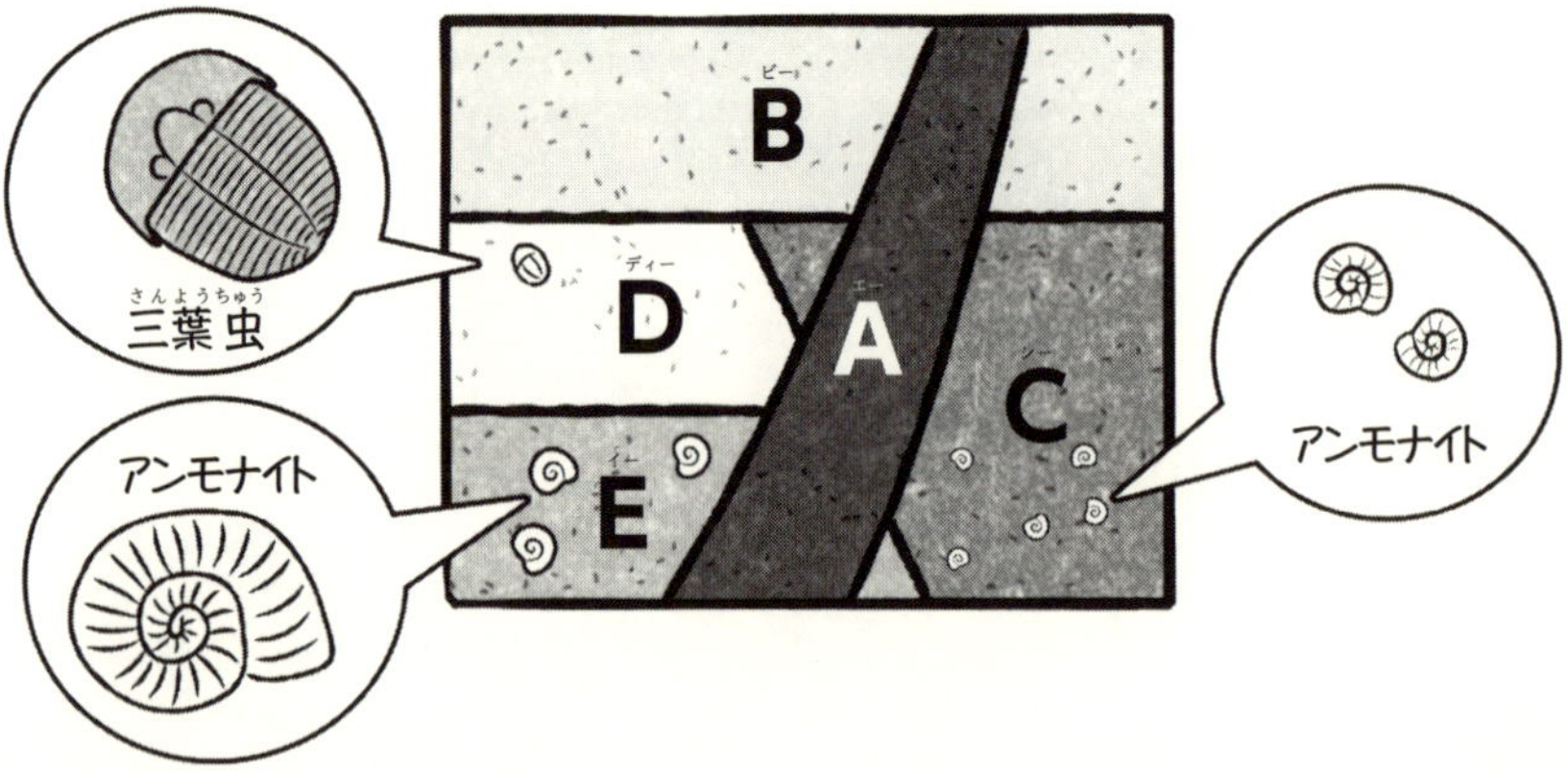

凛《りん》の顔《かお》から笑《え》みが消《き》えた。

「よおし！」

健太《けんた》は今《いま》まで手《て》に入《い》れたパーツが入《はい》ったリュックを真実《しんじつ》に渡《わた》すと、壁《かべ》をよじ登《のぼ》った。

残《のこ》り２分《ふん》——

健太《けんた》は、岩《いわ》のでっぱりに手《て》をかけ、くぼみで足《あし》を支《ささ》えながら、少《すこ》しずつ壁《かべ》を登《のぼ》っていく。

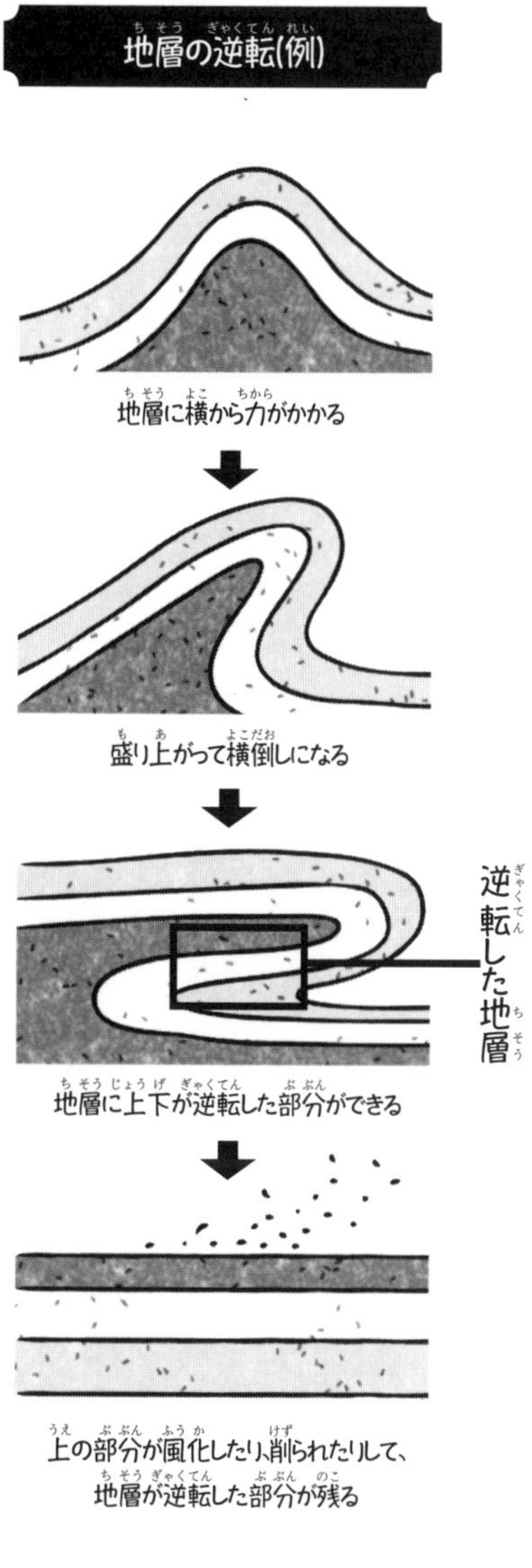
地層《ちそう》の逆転《ぎゃくてん》(例《れい》)
地層《ちそう》に横《よこ》から力《ちから》がかかる
盛《も》り上《あ》がって横倒《よこだお》しになる
逆転《ぎゃくてん》した地層《ちそう》
地層《ちそう》に上下《じょうげ》が逆転《ぎゃくてん》した部分《ぶぶん》ができる
上《うえ》の部分《ぶぶん》が風化《ふうか》したり削《けず》られたりして、
地層《ちそう》が逆転《ぎゃくてん》した部分《ぶぶん》が残《のこ》る

「気《き》をつけるんだ、健太《けんた》くん！」
「わかってる！」
健太《けんた》は上《うえ》まで登《のぼ》ると、三葉虫《さんようちゅう》の化石《かせき》のそばまでたどり着《つ》いた。
そのまま、その部分《ぶぶん》の岩《いわ》をナイフで削《けず》る。すると、明《あ》らかに化石《かせき》とは違《ちが》う物体《ぶったい》が、中《なか》から出《で》てきた。

「EARTH《アース》」のパーツだ。

残《のこ》り30秒《びょう》——。

「**真実《しんじつ》くん！**」

健太《けんた》はパーツを真実《しんじつ》に放《ほう》り投《な》げる。

パシッ！

真実《しんじつ》は最後《さいご》のパーツを両手《りょうて》で受《う》け止《と》めると、そのまま水槽《すいそう》のところへ駆《か》け込《こ》んだ。リュックから、残《のこ》りのパーツも取《と》りだし、水槽《すいそう》に取《と》り付《つ》けられた石盤《せきばん》に、五《いつ》つのパーツをはめる。

ゴゴゴゴッ

瞬間《しゅんかん》、水槽《すいそう》が音《おと》を立《た》てて大《おお》きく揺《ゆ》れ、水槽《すいそう》の前半分《まえはんぶん》がフタのように開《ひら》いた。

ザバァアーン！

大量《たいりょう》の水《みず》が一気《いっき》に飛《と》びだす。

そして、空《から》っぽになった水槽《すいそう》の中《なか》で、美希《みき》はホッとしたようにへたりこむ。

「美希《みき》ちゃん！　やったあ！」

健太《けんた》は、壁《かべ》から下《お》りると、笑顔《えがお》でガッツポーズをした。

5

SCIENCE TRICK DATA FILE

科学《かがく》トリック データファイル

化石《かせき》は語《かた》る

化石《かせき》には、地層《ちそう》のできた時期《じき》の目《め》安《やす》になる「示準化石《しじゅんかせき》」のほかに、地《ち》層《そう》のあった環境《かんきょう》の目安《めやす》になる「示相《しそう》化石《かせき》」があります。代表的《だいひょうてき》な示相《しそう》化石《かせき》には、サンゴや貝類《かいるい》、植物《しょくぶつ》の葉《は》の化石《かせき》などがあります。

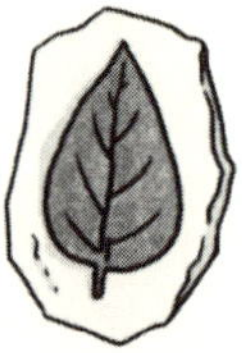

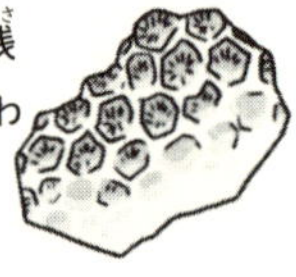

【サンゴの化石《かせき》】
温《あたた》かくきれいな、浅《あさ》い海《うみ》だったことがわかる

【ブナの葉《は》の化石《かせき》】
ブナの木《き》が生《は》えるような、寒《さむ》い場所《ばしょ》だったことがわかる

【ホタテガイの化石《かせき》】
冷《つめ》たい海《うみ》だったことがわかる

下《した》の図《ず》は、化石《かせき》のできかたの一例《いちれい》です。化石《かせき》はほとんどが水中《すいちゅう》でできるので、陸上《りくじょう》の生《い》き物《もの》よりも、水中《すいちゅう》の生《い》き物《もの》のほうが化石《かせき》として残《のこ》りやすいのです。

生《い》き物《もの》が化石《かせき》として残《のこ》るのは、実《じつ》はとてもめずらしいことです。だから、ひとつでも化石《かせき》が見《み》つかれば、その時代《じだい》にその生《い》き物《もの》がたくさんいたと考《かんが》えられるのです。

恐竜《きょうりゅう》の死《し》がいが水《みず》の底《そこ》に沈《しず》み、どろなどにうずもれて、やがて骨《ほね》だけになる。

長《なが》い年月《ねんげつ》をかけて、骨《ほね》の成分《せいぶん》はとけてしまうが、骨《ほね》の細《こま》かいすきまにたまっていた土《つち》や砂《すな》が固《かた》まって化石《かせき》となる。

「美希《みき》ちゃん、無事《ぶじ》でよかった!」

健太《けんた》は水槽《すいそう》に駆《か》け寄《よ》ると、美希《みき》を中《なか》から救出《きゅうしゅつ》し、リュックから取《と》りだしたタオルを渡《わた》した。

「あ~、こんなに濡《ぬ》れちゃって! けがはない?」

「へ、いき」

「声《こえ》、変《へん》になってるよ?」

「叫《さけ》びすぎて、かれちゃった、みたい……」

美希《みき》はタオルで服《ふく》をふきながら、水槽《すいそう》のほうを見《み》て首《くび》をかしげた。

「変《へん》と、いえば、この水槽《すいそう》、変《へん》、かも……」

「えっ?」

美希《みき》の服《ふく》は水槽《すいそう》の中《なか》に入《はい》っていたせいでびしょびしょに濡《ぬ》れていた。だが、首《くび》から上《うえ》はまったく濡《ぬ》れていなかったのだ。

「どうして、顔《かお》、濡《ぬ》れてないの、かな……?」

「たぶん、顔《かお》が水《みず》につかる前《まえ》にぼくたちが装置《そうち》を止《と》めたからだよ」

健太《けんた》はそう言《い》うが、水槽《すいそう》を見《み》ていた真実《しんじつ》が首《くび》を横《よこ》に振《ふ》った。

「そうじゃないようだね。この水槽《すいそう》は、はじめから顔《かお》の部分《ぶぶん》が水《みず》につからないようにつくられていたようだ」

真実《しんじつ》は、開《ひら》いた水槽《すいそう》のガラス部分《ぶぶん》を指《ゆび》さす。

健太《けんた》と美希《みき》はじっと見《み》た。

「ああ！」

水槽《すいそう》のガラスは、二重構造《にじゅうこうぞう》になっていた。

「最初《さいしょ》はふつうに水《みず》が増《ふ》えていってたんだろう。だけど、美希《みき》さんの肩《かた》のあたりからは、内側《うちがわ》には水《みず》が入《はい》らず、外側《そとがわ》の部分《ぶぶん》にだけ水《みず》が溜《た》まるようになっていたんだ」

「じゃあ、わたしは、はじめから、溺《おぼ》れること、

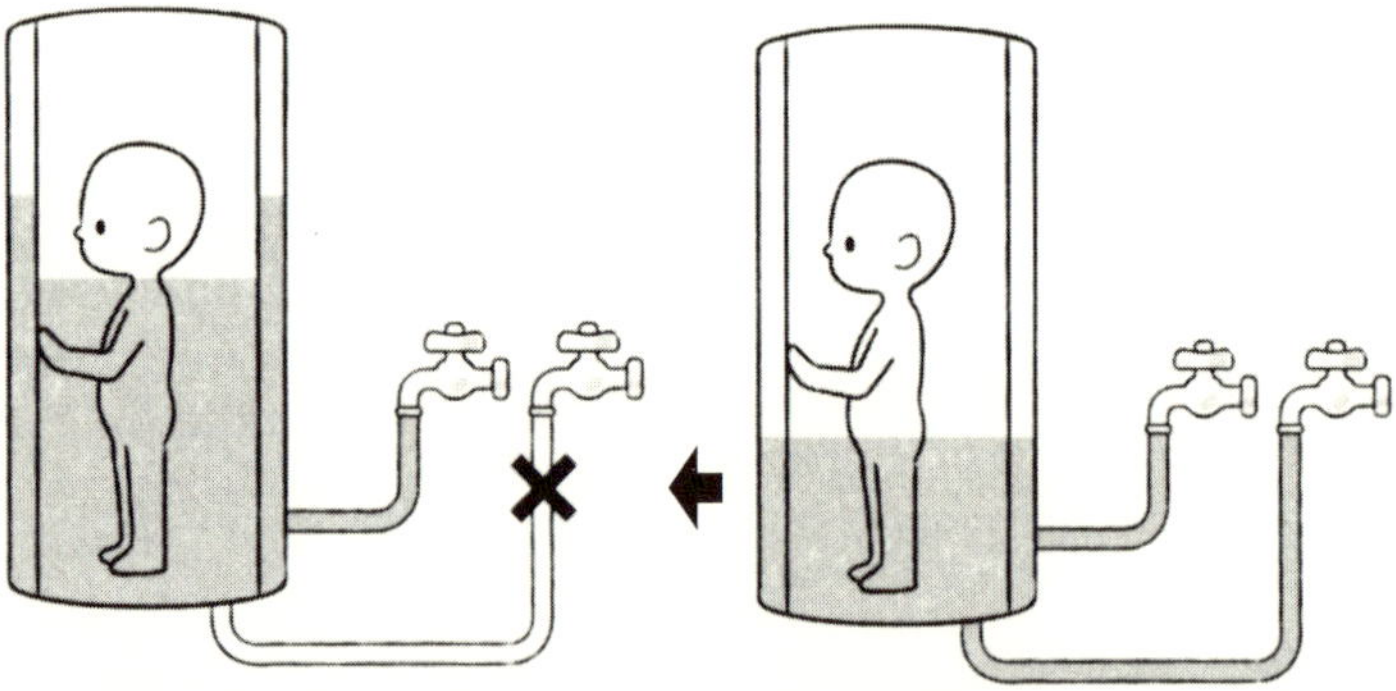

水槽《すいそう》が二重《にじゅう》になっていて、ふちの部分《ぶぶん》にも水《みず》が溜《た》まる。ふちと内側《うちがわ》は、水位《すいい》が同《おな》じになるよう給水《きゅうすい》が連動《れんどう》している。

ある水位《すいい》を超《こ》えると、内側《うちがわ》への給水《きゅうすい》は止《と》まり、ふちの部分《ぶぶん》だけに給水《きゅうすい》される。外側《そとがわ》からは、ふちの水位《すいい》まで水《みず》があるように見《み》える。

なかったの……？」

「ああ、そうみたいだね」

真実《しんじつ》は凛《りん》のほうを見《み》た。

凛《りん》は苦々《にがにが》しい表情《ひょうじょう》を浮《う》かべて、うつむいたままだ。

美希《みき》は凛《りん》に言《い》った。

「どうして、手《て》の込《こ》んだしかけをつくってまで、こんなことをしたの？　……ねえ、答《こた》えてよ、凛《りん》くん！」

凛《りん》は、美希《みき》と目《め》を合《あ》わせようとせず、こぶしを固《かた》く握《にぎ》りしめている。

「……凛《りん》くん」

凛《りん》のようすを見《み》ていた健太《けんた》が、たまらず話《はな》しかけた。

「凛《りん》くんは、美希《みき》ちゃんを危《あぶ》ない目《め》にあわせるつもりはなかった。……ただ、真実《しんじつ》くんと対《たい》決《けつ》したかっただけだったんだよね」

凛《りん》は一瞬《いっしゅん》、目《め》を大《おお》きく見開《みひら》いた。

「アレクサンドルくんが言《い》ってたよ。凛《りん》くんはお父《とう》さんにほめられたいだけだって。ホームズ学園《がくえん》でいちばん優秀《ゆうしゅう》だった真実《しんじつ》くんに勝《か》って、お父《とう》さんにほめてほしかったんだって」

凛《りん》は、うつむいて、ギュッとくちびるをかみしめる。

「じゃ、じゃあ、未来人《みらいじん》I《アイ》になって、騒動《そうどう》を起《お》こしたのも、お父《とう》さんにほめてもらいたかったからなの？」

美希《みき》が驚《おどろ》いてそう聞《き》くと、凛《りん》は、ようやく口《くち》を開《ひら》いた。

「……そうだよ。笑《わら》いたければ、笑《わら》えばいい。結局《けっきょく》、ボクは、真実《しんじつ》くんに勝《か》てなかった。必《ひっ》死《し》で考《かんが》えたナゾも、あっさり真実《しんじつ》くんたちに解《と》かれてしまった」

凛《りん》は、吐《は》き捨《す》てるように言《い》った。

「……やっぱり、ボクはダメなやつなんだ。どうせ、ボクは……、ボクは」


「凛《りん》はダメなやつなんかじゃない」


突然《とつぜん》、声《こえ》がした。

凛《りん》が驚《おどろ》いて、声《こえ》のする方向《ほうこう》を見《み》る。

すると、とびらの前《まえ》にアレクサンドルが立《た》っていた。

「オレは、凛《りん》が必死《ひっし》にがんばっていたのを知《し》っている。おまえは、本当《ほんとう》はやさしいやつだってことも、オレはちゃんとわかってる。だっておまえは……オレのたったひとりの友達《ともだち》だからな」

「友達《ともだち》……」

アレクサンドルの言葉《ことば》を聞《き》いていた美希《みき》が、フッとほほえんだ。

「……そうね。わたしも、凛《りん》くんはやっぱり友達《ともだち》だって思《おも》ってるしね。ま、今回《こんかい》だけは、許《ゆる》してあげる」

「美希《みき》ちゃんが許《ゆる》すなら、ぼくも。いろんな冒険《ぼうけん》ができて楽《たの》しかったし。それに……ぼくたち、友達《ともだち》でしょ」

健太《けんた》もほほえんだ。

真実《しんじつ》も凛《りん》のそばに歩《あゆ》み寄《よ》り、まっすぐ凛《りん》の目《め》を見《み》て言《い》った。

「キミの考《かんが》えたトリックは、なかなかおもしろかったよ」

「真実《しんじつ》くん……」

凛《りん》は、ふうっと深《ふか》く長《なが》い溜《た》め息《いき》をついた。

「……ボクは真実《しんじつ》くんにずっとあこがれていた。真実《しんじつ》くんのようになれれば、お父《とう》さんに、ほめてもらえると思《おも》っていた。だけど、こんなふうに科学《かがく》の知識《ちしき》を使《つか》うのは間違《まちが》ってるよね……」

そのとき、アレクサンドルの背後《はいご》に、誰《だれ》かが現《あらわ》れた。

学園長《がくえんちょう》である。

「お父《とう》さん……！」

学園長《がくえんちょう》は凛《りん》のそばにやってくると、けわしい顔《かお》でじっと見《み》つめた。

凛《りん》は怒《おこ》られると思《おも》い、身構《みがま》える。

しかし——。

次《つぎ》の瞬間《しゅんかん》、学園長《がくえんちょう》は凛《りん》の肩《かた》に、やさしく手《て》をかけた。

突然《とつぜん》のことに、とまどう凛《りん》。

学園長《がくえんちょう》は口《くち》を開《ひら》いた。

「凛《りん》、おまえのやったことは、けっして許《ゆる》されることではない。だが、おまえをそこまで追《お》

い詰《つ》めたのは、わたしの責任《せきにん》だ」

「お父《とう》さん……」

「……もしかすると、わたしは学園《がくえん》の運営《うんえい》が忙《いそが》しいせいで、おまえのことをちゃんと見《み》ていなかったのかもしれないな」

凛《りん》の目《め》から、こらえていた涙《なみだ》がこぼれ落《お》ちる。

「凛《りん》、おまえはいい友達《ともだち》をたくさん持《も》ったな」

凛《りん》は大粒《おおつぶ》の涙《なみだ》を流《なが》しながら、大《おお》きくうなずいた。そしてみんなのほうに向《む》き直《なお》ると、深々《ふかぶか》と頭《あたま》を下《さ》げた。

「みんな……本当《ほんとう》にごめんなさい」

凛《りん》の言葉《ことば》に、健太《けんた》たちは何度《なんど》もうなずいた。


日《ひ》が落《お》ち、あたりは真《ま》っ暗《くら》になっていた。

真実《しんじつ》たちは校舎《こうしゃ》へと戻《もど》ってきた。

真実《しんじつ》がどうしても確認《かくにん》しておきたいものがあるというのだ。

「もしかして、お父《とう》さんの手《て》がかり……？」

健太《けんた》がたずねると、真実《しんじつ》はうなずいて学園長《がくえんちょう》のほうを見《み》た。

「学園長《がくえんちょう》、父《ちち》が使《つか》っていた研究室《けんきゅうしつ》を見《み》せてもらえませんか？」

「……キミの気持《きも》ちはわかる。我々《われわれ》も、キミのお父《とう》さんの行方《ゆくえ》がわからなくなったとき、彼《かれ》の研究室《けんきゅうしつ》を調《しら》べた。しかし、特《とく》に手《て》がかりになりそうなものはなかったんだよ」

「それでも、自分《じぶん》の目《め》で確《たし》かめたいんです」

真実《しんじつ》の言葉《ことば》に、学園長《がくえんちょう》はうなずいた。

「わかった、案内《あんない》しよう」

学園長《がくえんちょう》は、みんなを真実《しんじつ》の父《ちち》・快明《かいめい》の研究室《けんきゅうしつ》へ連《つ》れていくことにした。


ホームズ学園《がくえん》では先生《せんせい》たちは専用《せんよう》の研究室《けんきゅうしつ》を持《も》っている。

快明《かいめい》の研究室《けんきゅうしつ》は、理科室《りかしつ》の横《よこ》にあった。

学園長《がくえんちょう》は部屋《へや》の鍵《かぎ》を開《あ》け、照明《しょうめい》のスイッチを入《い》れた。

「何《なに》か、わかればいいのだが……」

一同《いちどう》は部屋《へや》の中《なか》をながめる。
部屋《へや》には、フラスコやビーカーなどさまざまな実験器具《じっけんきぐ》がきれいに並《なら》べられていた。
学校《がっこう》の備品《びひん》はあるが、快明《かいめい》の私物《しぶつ》はないようだ。
「キミのお父《とう》さんは、自分《じぶん》の物《もの》をぜんぶかたづけてから、島《しま》に行《い》ったようなんだ……」
学園長《がくえんちょう》が複雑《ふくざつ》な表情《ひょうじょう》を浮《う》かべた。
本棚《ほんだな》には難《むずか》しそうな科学《かがく》の本《ほん》が並《なら》んでいた。
「う～ん、手《て》がかりになりそうな

もの、なさそうね」

「本《ほん》はいっぱいあるけどねえ」

美希《みき》と健太《けんた》は本棚《ほんだな》をチェックするが、島《しま》に関係《かんけい》するようなものはなかった。

「何《なに》かあるはずだ。きっと、何《なに》かが……」

真実《しんじつ》は必死《ひっし》に手《て》がかりを探《さが》す。

だが、やはり何《なに》もなさそうだった。

「今日《きょう》はもう遅《おそ》いからそろそろ帰《かえ》ろう」

学園長《がくえんちょう》はそう言《い》いながら、あきらめて部屋《へや》を出《で》ようとした。

「わあ、すごい！」

突然《とつぜん》、健太《けんた》が大《おお》きな声《こえ》を出《だ》した。

「健太《けんた》くん、どうしたんだい？」

見《み》ると、健太《けんた》は壁《かべ》にはられた色鮮《いろあざ》やかな蝶《ちょう》の写真《しゃしん》を見《み》ていた。

「昆虫《こんちゅう》、ホントに好《す》きよねえ」

美希《みき》が苦笑《くしょう》する。

「だって、これすごく貴重《きちょう》な蝶《ちょう》なんだよ。オキナワカラスアゲハっていって、奄美諸島《あまみしょとう》とか沖縄諸島《おきなわしょとう》がある中琉球《なかりゅうきゅう》って地域《ちいき》にしかいないん

だ！」

「へえ、そんな蝶《ちょう》がいるのね」

「中琉球《なかりゅうきゅう》だけ……」

真実《しんじつ》は突然《とつぜん》、食《く》い入《い》るように蝶《ちょう》の写真《しゃしん》を見《み》た。

「そうか、そういうことか！」

真実《しんじつ》は人差《ひとさ》し指《ゆび》で眼鏡《めがね》をクイッとあげた。

「学園長《がくえんちょう》、この写真《しゃしん》は、学校《がっこう》のものではないですよね？」

「ああ。言《い》われてみれば、たしかに、キミのお父《とう》さんの私物《しぶつ》のようだね」

「やっぱり。父《とう》さんのいる場所《ばしょ》がわかったよ！」

「ええ？　どこにいるの!?」

「父《とう》さんは私物《しぶつ》はぜんぶかたづけていた。それなのに、この蝶《ちょう》の写真《しゃしん》だけは研究室《けんきゅうしつ》に残《のこ》していった。つまり、この写真《しゃしん》は、島《しま》の場所《ばしょ》を示《しめ》したメッセージなんだ」

「ということは、ええっと……」

「真実《しんじつ》くんのお父《とう》さんは、中琉球《なかりゅうきゅう》のどこかの島《しま》にいるってことね」

「そっか、そういうことか！　だけど、どうしてわざわざ写真《しゃしん》なんかでヒントを残《のこ》したの？」

「そうよね。島《しま》の名前《なまえ》を、ちゃんと教《おし》えてくれれば、すぐにわかったのに……」

「なぜこんなメッセージを残《のこ》したのかはぼくにもわからない。だけど、中琉球《なかりゅうきゅう》に行《い》けば、その理由《りゆう》がわかるかもしれない」

真実《しんじつ》は真剣《しんけん》な表情《ひょうじょう》を浮《う》かべると、一同《いちどう》を見《み》た。

「ぼくは、島《しま》へ行《い》く。そして、父《ちち》の行方《ゆくえ》と、父《ちち》の手紙《てがみ》に書《か》かれていた島《しま》の住人《じゅうにん》が消《き》えた謎《なぞ》を、絶対《ぜったい》に突《つ》き止《と》めてみせる！」

（つづく）

その後《ご》の科学探偵《かがくたんてい》「元気出《げんきだ》して、凛《りん》くん」

著者紹介

佐東みどり

脚本家・作家。アニメ「サザエさん」「ハローキティとあそぼう！まなぼう！」などを担当。小説に「恐怖コレクター」シリーズ、「謎新聞ミライタイムズ」シリーズなどがある。

（執筆：プロローグ、5章、エピローグ）

石川北二

監督・脚本家。脚本家として、映画「かずら」（共同脚本）、「燐寸少女 マッチショウジョ」などを担当。監督としての代表作に、映画「ラブ★コン」などがある。

（執筆：1章　原案：2章、3章、4章）

木滝りま

脚本家・作家。脚本家として、ドラマ「念力家族」「ほんとにあった怖い話」、アニメ「スイートプリキュア♪」など。代表作に、『世にも奇妙な物語 ドラマノベライズ 恐怖のはじまり編』がある。

（執筆：2章、3章）

田中智章

監督・脚本家。脚本家として、アニメ「ドラえもん」、映画「シャニダールの花」などを担当。監督としての代表作に、映画「放課後ノート」「花になる」などがある。

（執筆：4章）

挿画

木々（KIKI）

マンガ家・イラストレーター。代表作に、「バリエガーデン」シリーズ、「ラヴ ミー テンダー」シリーズなどがある。

公式サイト：http://www.kikihouse.com/

ブックデザイン
アートディレクション

辻中浩一＋佐藤南（ウフ）

好評発売中《こうひょうはつばいちゅう》!

科学探偵《かがくたんてい》 謎野真実《なぞのしんじつ》シリーズ5

科学探偵《かがくたんてい》 VS.《ブイエス》 消滅《しょうめつ》した島《しま》

真実《しんじつ》たちがたどりついたのは、
人々《ひとびと》から恐《おそ》れられる「悪魔《あくま》」の島《しま》だった。
父《ちち》・快明《かいめい》の行方《ゆくえ》、島民《とうみん》消失《しょうしつ》事件《じけん》、
10年前《ねんまえ》のホームズ学園《がくえん》の火災《かさい》、復活《ふっかつ》した「悪魔《あくま》」……。
すべての謎《なぞ》が1本《ぽん》の線《せん》でつながる、
衝撃《しょうげき》のクライマックス!

監修　金子丈夫（筑波大学附属中学校元副校長）
編集デスク　橋田真琴、大宮耕一
編集　河西久実
校閲　宅美公美子、野口高峰、志保井里奈（朝日新聞総合サービス）

ホームズ学園校章デザイン　改森功啓
本文図版　楠美マユラ
コラム図版　佐藤まなか
本文写真　iStock、朝日新聞社
ブックデザイン / アートディレクション　辻中浩一 + 佐藤南（ウフ）

おもな参考文献
『新編 新しい理科』3～6（東京書籍）／『キッズペディア 科学館』日本科学未来館、筑波大学附属小学校理科部監修（小学館）／『週刊かがくる 改訂版』1～50号（朝日新聞出版）／『週刊かがくるプラス 改訂版』1～50号（朝日新聞出版）／「ののちゃんのDO科学」朝日新聞社（https://www.asahi.com/shimbun/nie/tamate/）

科学探偵《かがくたんてい》 謎野真実《なぞのしんじつ》シリーズ 4

科学探偵《かがくたんてい》 VS.《ブイエス》 闇《やみ》のホームズ学園《がくえん》

2018年 8月30日　第1刷発行
2024年 6月10日　第11刷発行

著　者　作：佐東みどり　石川北二　木滝りま　田中智章　　絵：木々
発行者　片桐圭子
発行所　朝日新聞出版
〒104-8011
東京都中央区築地 5-3-2
編集　生活・文化編集部
電話　03-5541-8833（編集）
03-5540-7793（販売）

印刷所・製本所　大日本印刷株式会社
ISBN978-4-02-331641-6
定価はカバーに表示してあります

落丁・乱丁の場合は弊社業務部（03-5540-7800）へ
ご連絡ください。送料弊社負担にてお取り替えいたします。

© 2018 Midori Sato, Kitaji Ishikawa, Rima Kitaki, Tomofumi Tanaka ／ Kiki,
Asahi Shimbun Publications Inc.
Published in Japan by Asahi Shimbun Publications Inc.

計《けい》1000万部突破《まんぶとっぱ》「科学漫画《かがくまんが》サバイバルシリーズ」からクイズ本《ほん》が出《で》たよ！

イズでわかる
き残《のこ》り大作戦《だいさくせん》！

防災《ぼうさい》のサバイバル

クイズで楽《たの》しく
防災《ぼうさい》が学《まな》べる！

ノウ博士《はかせ》からの防災《ぼうさい》ミッションを
一緒《いっしょ》にクリアしよう！

地震《じしん》や台風《たいふう》、雷《かみなり》・竜巻《たつまき》などの自然災害《しぜんさいがい》から、アウトドアでの心得《こころえ》、
新型《しんがた》コロナウイルスの感染予防《かんせんよぼう》についてもよくわかる！

エレベーターの中《なか》で大地震《おおじしん》
がきたらどうする？

Q 電車《でんしゃ》の中《なか》で大《おお》きなゆれが
起《お》こったらどうする？

Q 台風《たいふう》で道路《どうろ》が水《みず》びたしに
なったらどうする？

マンガ：韓賢東（ハン・ヒョンドン）
定価：1056円（税込）
A5判、160ページ、オールカラー

科学漫画
サバイバルの姉妹編！
大好評
歴史漫画
タイムワープ
シリーズ
おれたちといっしょに
いろんな時代に
タイムワープ！
縄文世界へ
タイムワープ
忍者世界へ
タイムワープ
日本史BOO
©トリル、もとじろう、イセケヌ、市川智茂
歴史漫画
タイムワープシリーズ 3つの特徴
1 子どもたちが主役！
2 ハラハラ・ドキドキの冒険ストーリー
3 歴史の入門書として最適
監修 河合 敦
定価：本体各1,200円+税
B5判変型・オールカラー
日本テレビ系「世界一受けたい授業」でもお馴染み。
「週刊マンガ日本史改訂版」（朝日新聞出版）の
監修をはじめ、日本史に関する著書多数。
テーマソング
動画を
YouTubeで
検索してね！
タイムワープシリーズ
好評発売中
忍者世界へタイムワープ
縄文世界へタイムワープ
大江戸文化へタイムワープ
戦国合戦へタイムワープ
大坂城へタイムワープ
※通史編全14巻も好評発売中!!

はやみねかおるの心理ミステリー

奇譚《きたん》ルーム

き-たん【奇譚】
めずらしい話。
不思議な話。

●定価:本体980円+税 四六判・248ページ　画 しきみ

わたしは殺人者《マーダラー》。これから、
きみたちをひとりずつ
殺していくのだよ。

ぼくが招待されたのは、SNSの仮想空間「ルーム」。10人のゲストが、奇譚を語り合うために集まった。だが、その場は突然、殺人者《マーダラー》に支配された。殺人者《マーダラー》とは、いったいだれなのか。衝撃《しょうげき》のラストがきみを待っている!

▲はやみね先生初の
横書き小説

おそらく、真犯人は
わからないと思いま
す。(ΦωΦ)ﾌﾌﾌ…

公式サイトでは、はやみねかおるさんのインタビューをはじめ、
試し読みや本の内容紹介の動画を公開中!　朝日新聞出版　検索

すべての人に、価値ある一冊を
ASAHI
朝日新聞出版